LA CIUDAD
DEL DIOS VARÓN

LA CIUDAD
DEL DIOS VARÓN

RODRIGO GUERRERO

CUENTOS

COLECCIÓN

ANTRÓ
PODO

La ciudad del Dios Varón
Cuentos
Rodrigo Guerrero

Segunda edición, Bogotá, febrero de 2021

© Rodrigo Guerrero
© De esta edición: Antrópodo editores

ISBN: 978-958-48-8837-2

Ilustraciones y diseño de carátula: Andrés Guerrero
                                Ig: @osmanandresgierrero

Diseño y diagramación: Dirección Única, 3058154541
Coordinación editorial: Daniel Rodríguez Ángel, Carlos Andrés Almeyda

Impreso en Panamericana Formas e Impresos S.A.
Impreso en Colombia
Printed in Colombia

Para Suacha, ese lugar fantástico
e incomprendido.

"Al día siguiente desperté a las seis de la mañana. Preparé un café y fumé un cigarrillo de pie frente a la ventana de la sala. Había dejado de llover pero la ciudad tenía ese aspecto que adquieren los lugares luego de que ocurre una catástrofe".

Daniel Ángel

"De lo primero de lo que se tuvo memoria que llegó a la Ciudad del Dios Varón fueron los toros. No les daban de comer ni de beber durante días porque, según decían, eso mantenía su bravura intacta."

EL HIJO DE BOCHICA

Veinte años después de que su padre se sublevara contra el Estado Mayor y se fuera a esconder a las montañas luego de vencerlo, Arturo Garcés estaba dispuesto a iniciar otra gran guerra y, tal cual había hecho su padre, también estaba dispuesto a ganarla.

Tomó el caballo de trabajo del cobertizo de la casa, lo ensilló y lo cepilló mientras le calentaba los enormes y firmes músculos de las extremidades dándole golpes con el puño. Se puso el sombrero y la ruana y tomó el camino a la Capital por la carretera de herradura, desde la cual se veía, a partir de cierta distancia, la manotada de construcciones primitivas de una sola planta regadas en círculo sobre un par de kilómetros de descampado del color del barro, delante de los cerros que parecían un par de tetas perfectas de color verde, sus contornos dibujándose a la distancia por largas y frondosas líneas de eucaliptos milenarios. Bien atrás corría un río tranquilo de aguas heladas que kilómetros abajo iban a caer desde la gran altura de las fauces abiertas de una cascada hecha desde épocas inmemoriales por el toque del báculo de Bochica contra sus rocas.

Arturo Garcés se había ido hacía ya bastante tiempo y la Ciudad del dios Varón continuaba con su trajín cotidiano: las manos expertas de sus hombres seguían cultivando la tierra, seguían cazando y encontrando minerales preciosos para intercambiarlos por más comida o para que las primeras mujeres, que ordenaban los hogares y educaban a aquellos primeros hijos, se hicieran vestidos y collares multicolores. Hasta que en una tarde de viernes como cualquier otra, un ronroneo lejano hizo que las mujeres interrumpieran sus quehaceres y salieran a las puertas de las casas; los azadones de los hombres se detuvieron a mitad de camino. Los niños suspendieron sus juegos y carreras para observar hacia el lugar desde donde provenía el extraño rumor que surgía a la distancia y que cada vez se hacía más cercano. Varias columnas de humo oscuro se divisaban claramente a la distancia sobre las copas de los pinos y los eucaliptos.

De pronto, a través de sus pesados y redondos troncos, surgieron varios camiones que traían tras de sí, encaramadas sobre planchones de ruedas anchas, unas maquinarias desconocidas pintadas de color amarillo y marcadas con las letras negras de un idioma desconocido. La caravana se detuvo apenas entrar en la Ciudad, a varias decenas de metros de las miradas aterradas de sus habitantes.

Entonces desde detrás de las máquinas surgió la figura con sombrero y ruana de Arturo Garcés montando su caballo. Al llegar a la altura de la gente, levantó la mano derecha y tocó el ala de su sombrero en señal de saludo.

–Buena tarde.

Nadie respondió.

–Esta gente viene conmigo –dijo Arturo echando una ligera mirada hacia atrás–. Van a permanecer acá el tiempo necesario mientras construyen el ferrocarril.

Entonces los habitantes de la Ciudad parecieron salir de un sopor hipnótico. Se miraron unos a otros, cuestionándose entre sí con la mirada. Supieron que Arturo, luego de todos esos años, había ganado la guerra que les había anunciado tiempo atrás, y además había traído el ferrocarril que iba a atravesar sus campos. Se dieron cuenta también que él no había sufrido de ninguna fiebre delirante o desconocida que, según todos, lo hacía desvariar, cuando les narraba esas historias fantásticas de trenes y locomotoras, de lejanos lugares forrados en cemento y sobre los cuales rodaban automóviles, caminaban grandes cantidades de personas y las distancias entre sí se acortaban como por arte de magia.

Mientras las enormes cucharas de las máquinas excavadoras removían grandes cantidades de tierra negra y húmeda y una gran cuadrilla de trabajadores, entre los cuales había también hombres de la Ciudad del Dios Varón iba detrás realizando mediciones, preparando mezcla de hormigón, picando piedras, transportando material, removiendo escombros, haciendo canales, la mayoría de habitantes de ese remoto lugar habían comenzado a relacionar a Arturo Garcés, a quien también habían comenzado a llamar don Arturo, con un sinnúmero de sucesos legendarios e inverosímiles, salidos de toda realidad.

Muchos decían que aquella tarde en la que había dejado la Ciudad para ir a hacer la guerra, tras él había galopado a través de la oscuridad un grupo de brujas ataviadas con mantos negros y que, aunque en ningún momento se mostraron, podían escucharse con claridad sus alaridos sobre el silencio sepulcral del camino, sus desconcertantes aleteos de alas enormes y también sus chillidos ensordecedores que rasgaban por completo la tranquilidad de la noche. Decían que don Arturo había tenido que arrojar varios puñados de sal sobre el camino con el fin de espantarlas, sin detener nunca la cabalgata, y así evitar que aquellas arpías surgidas de la oscuridad se lo llevaran.

Había otros que aseguraban que apenas después de un par de kilómetros de recorrido, bosque adentro, se le había unido un perro negro que se le aparecía por tramos y que, cada vez que se hacía visible, su cuerpo se iba haciendo cada vez más grande y amenazante hasta que, ya cuando se divisaba a la distancia la lumbre de la Capital al fondo de esa oquedad negra, el animal se había convertido en un carnero gigantesco que trató de envestirlo con su enorme cabeza de cuernos doblados y ojos rojos, que no lo había logrado por muy poco en ninguno de los embates que le hizo, antes de desaparecer.

También decían que el Maestro Indio, El Sabio Bochica, andaba caminando entre los árboles vestido con su túnica blanca y el rostro oculto tras su barba de nieve, se había quedado observándolo muy intrigado con su par de ojos transparentes, y le había preguntado qué era lo que pensaba hacer. Decían que mientras escuchaba la respuesta de don Arturo, el Maestro había dejado su báculo de oro sobre una enorme piedra del borde del camino, que le había convidado de su chicha y de sus bollos de maíz, y que a partir de ese día un arco iris se había establecido sobre su marcha hasta el instante en el que había entrado a la Capital, como si él mismo estuviera cuidándolo.

La figura de Arturo Garcés comenzó a adquirir, para sus vecinos y conocidos, unas dimensiones legendarias, casi religiosas, más ahora que la compañía ferroviaria avanzaba en su obra de una manera notable. Sin embargo, en la cotidianidad, él seguía siendo la misma persona, el mismo hombre trabajador de acento recio y montaraz, con la única diferencia que él se había exiliado y había vuelto con los hombres y las máquinas excavadoras para llevar a cabo la construcción del ferrocarril. Se lo veía picando las piedras, empujando carretillas llenas de escombros y material, tensando los hilos del nivel de estaca a estaca, vaciando los recipientes rebosantes de mezcla entre las profundas zanjas, observando planos con los ingenieros y discutiendo con ellos las decisiones más importantes.

Su casa, una construcción tan sencilla y austera como cualquier otra de las que se veían por ese entonces en la Ciudad del Dios Varón, estaba ubicada a orillas del río de aguas oscuras. Sus muros podían verse relucir a la distancia y sus paredes pintadas del color de la cal, y en su interior colgaban cuadros e imágenes de santos, vírgenes, ángeles, arcángeles, mártires, papas y rostros desconocidos ya canonizados o en proceso de serlo. Su madre, la señora Rosa, era una mujer recia, de rasgos duros, sacados a cincel, de baja talla y de extremidades gruesas, potentes. Ella, quien guardaba en su anatomía la herencia casi intacta de su estirpe indígena, había considerado una majadería la idea del ferrocarril de Arturo, el mayor de sus hijos varones, y lo había castigado de tal forma, que él tuvo que pasar un largo tiempo antes de que los signos de los fuetazos se le terminaran de borrar completamente de la piel e, incluso, para cuando realizó su viaje a la Capital, algunos latigazos todavía eran visibles. Arturo Garcés podía ser el gran visionario, esa especie de elegido para los ojos de la comunidad entera, pero para ella él seguía siendo su hijo, ese mismo joven insolente, atrevido y bruto de siempre y que, lógicamente, debía ser reprendido cuando fuera necesario.

La compañía del ferrocarril había cortado en dos aquellos campos verdes con sus rieles en algo menos de tres años, tiempo en el cual la paz y la tranquilidad de los primeros y remotos tiempos se habían interrumpido abruptamente y ahora parecían ser parte de un pasado muy lejano. Un pasado en el que el silencio zumbaba en los oídos de la gente y en el que las grandes garzas y las tiguas diminutas habitaban en las ramas de los árboles que habían tenido que talar y que ahora se pudrían a la orilla de la nueva y brillante vía del tren.

Cuando la gran mayoría empezó a comprender que esos rieles que brillaban sin descanso bajo las luces del día y de la noche no significaban otra cosa que uno de los pasos obligados que daban las sociedades de manera normal hacia el desarrollo y que todo cuanto se había oído, todo cuanto se había dicho y hasta se había llegado a escribir sobre Arturo Garcés durante su larga travesía a la Capital bien podrían haber sido puros cuentos nutridos por la imaginería de la gente y volvía a ser visto como otro ser humano normal y corriente, sin ninguna clase de conexión divina ni importancia particular, aquellos vagones del tren comenzaron a llegar cargados de gente completamente desconocida, de seres improbables, de aparatos e instrumentos que jamás se habían visto en la Ciudad, de animales que únicamente se conocían a través de las viejas enciclopedias que sobrevivían solitarias y olvidadas en los estantes de pocas casas, sólo entonces, esa muda devoción que la gente le profesaba tiempo atrás volvió a avivarse.

De lo primero de lo que se tuvo memoria que llegó a la Ciudad del Dios Varón fueron los toros. Normalmente el tren que rodaba sobre los rieles pulidos no era más que una locomotora ennegrecida por el vapor y cinco o seis vagones que rodaban con su sonido hueco enganchados a ella, trayendo víveres y comestibles. Los pobladores supieron que algo más sucedía al verla aparecer un martes muy temprano en la mañana, trayendo seis vagones de más, vibrando ante la enorme carga entre espesas nubes de vapor. El Parque Principal, que por esos días era un amplio cuadrado enchapado por una costra de tierra seca y rodeado de construcciones coloniales, haría las veces de plaza en la que se realizarían las corridas.

Al filo de las doce de ese mismo día fueron arrimando camiones de carga al costado de los vagones del tren y, ante la mirada aterrada de los curiosos, varios hombres desconocidos que habían llegado con los toros, hacían que las enormes y malolientes bestias, cuyos cuernos apenas alcanzaban a pasar por las puertas del tren, pasaran del vagón al camión. No les daban nada ni de comer ni de beber durante días porque, según decían, eso mantenía su bravura intacta. Después comenzaron a armar la plaza con enormes tablones rojos, utilizando las casas como barreras y sobre los techos de éstas iban levantando los tendidos. La gente podía ver al toro frente a frente mientras corría y mugía a través del callejón apenas abriendo las puertas o las ventanas de las casas, que a la vez servían de burladeros.

La multitud respondía a la furia de los toros con gritos y vulgaridades, les arrojaban objetos y porquerías desde lo alto, y descolgando las piernas por los espacios que quedaban entre los tablones les hostigaban los enormes lomos con los pies. Cerraban también las calles adyacentes con tablas para convertirlas en chiqueros, donde la docena de toros pateaba el suelo furiosamente y dejaba escapar su hedor a mierda y a pasto. Las rayas de los picadores se demarcaban a manotadas de cal y los caballos eran burros o mulas a los que les tapaban los ojos para que no intentaran huir despavoridos al ver al toro. Eran tan viejos, que tenían el pellejo pelado por haber cargado angarillas durante toda la vida en las largas jornadas de labranza y carga, y a duras penas lograban sostener sobre sus cuerpos larguiruchos el grueso peto protector que les echaban encima. Las corridas empezaban un jueves de diciembre y terminaban el domingo siguiente al caer la tarde.

La Ciudad entera, desordenada y ebria por la cantidad de licor artesanal ingerido que entraba desde la Capital a bordo del tren y que la gente envasaba en odres de cuero de cabra, era el epicentro de las fiestas y agasajos en los cuales se celebraba su inauguración. Por esos días se realizaban unas ceremonias en honor al Sol y a la Luna, se recordaban los orígenes del maíz y se conmemoraba la forma como el antiguo dios, El Sabio Bochica, les había enseñado a trabajar la tierra a los primeros pobladores, a encontrar metales y piedras preciosas en las entrañas de la tierra y en las montañas, a labrarlos y a convertirlos en diferentes artículos ornamentales y herramientas para el trabajo. Los toros se habían convertido en la principal atracción. Venía tanta gente, que la gran mayoría no alcanzaba a observar la corrida ni siquiera después de haber hecho una fila de varias cuadras.

Uno de aquellos años, tiempo después de la llegada del tren, cuando aquellas fiestas adquirieron significados completamente diferentes por los cuales surgieron en los primeros días y fueron convirtiéndose en simples reuniones de una multitud que bebía y se desordenaba, una docena de toros de más de trescientos kilos cada uno había logrado escapar del encierro en plena corrida. Esa tarde de domingo de aquel nuevo diciembre se iba en medio de nubes salmón y malva y unas estrellas que habían empezado a aparecer en lo alto del firmamento. Tras el paseíllo por el ruedo compuesto por dos alguacilillos que iban rectos sobre sus caballos, por los dos matadores ataviados en sus trajes de luces, traídos de México y España respectivamente, por los banderilleros y por los picadores montando cada cual un par de mulas, se dio inicio a la corrida de cierre. Fue retirada la puerta del chiquero improvisado mientras la multitud llamaba al animal.

Al fondo apareció un toro color negro azabache de astas bien abiertas que trotaba con furia hacia la entrada. El animal se sintió atraído por un trapo que se movía en lo alto, entre el callejón y el chiquero, y se estrelló de costado contra las tablas de la barrera. Siguió su trote furioso, sin darse cuenta que un enorme puntillón a medio clavar se le había insertado en el costado y le había producido una herida recta y limpia por la cual, a medida que el animal corría y mugía furioso de un lado a otro dentro de la arena, se le iba desocupando de órganos el interior. Terminó con las vísceras azules regadas por el medio de la plaza y emitiendo unos mugidos lastimeros que duraron hasta que le practicaron un descabello que logró matarlo sólo hasta el cuarto intento. La gente, bebida y atiborrada a lo largo y ancho del tendido improvisado sobre los techos de las casas, abucheaba el espectáculo y bebía sin control hasta que les soltaron el segundo animal de la tarde.

Era un enorme ensillado color gris oscuro que dio un par de giros al galope alrededor del tercio. El matador, que no se decidía a capotearlo, optó por no salir del burladero hasta que el picador no le hiriera el lomo. Éste, que montaba una pesada y mansa mula oscura que tenía ambos ojos cubiertos por un antifaz y todo el cuerpo escondido bajo el enorme peto desgastado, no logró soportar ni la primera embestida de la bestia colosal. El picador salió despedido hacia el burladero, la lanza se quebró por la mitad y la mula quedó tendida de lado. El toro escarbaba con sus largos y afilados cuernos el vientre, los costillares y la cinchera del pobre animal indefenso que intentaba vagamente defenderse con las patas. Sacó la lengua y echó una última mirada al cielo ya ennegrecido por la noche. Entonces, como si ese par de muertes se trataran apenas del inicio de una lección enviada por los dioses, los listones de los tendidos cedieron, la multitud se desplomó en mitad de la arena en un estrépito ensordecedor y la barrera que separaba la gente de los chiqueros se quebró.

Hubo pocos que quedaron en condiciones de levantarse y huir. La mayoría fue corneada por la furia desbocada de los toros que se internaban por las calles y recorrían toda la Ciudad del Dios Varón entrando a las casas, a los locales comerciales, a los salones de la escuela, a la Iglesia y hasta a la cárcel, liberando a los prisioneros. Muchos habían quedado sin sentido a causa de los fuertes golpes de la caída y por las arremetidas y los pisotones de los toros. Además, muchos habían muerto. El Parque Principal quedó cubierto de cadáveres a los que la muerte había sorprendido en extrañas posiciones: extremidades quebradas pavorosamente, ojos abiertos y otros tantos que parecían dormir tranquilamente.

Durante varias semanas los toros reinaron en la Ciudad. Entraban a las casas y las revolcaban con su descomunal tamaño; trotaban a través de las naves de la Iglesia que habría de caer derrumbada cuatro veces durante los siglos posteriores; subían por los cerros cercanos; bebían de las aguas oscuras del río y pastaban al lado de los rieles del ferrocarril o bajo los arbustos que ocultaban la vieja carretera.

Entonces un grupo de varios hombres, entre ellos Arturo Garcés, tomaron las armas y les dieron cacería hasta no dejar ninguno. Al terminar con las bestias, después de enterrar los muertos que se pudrían por toda la Ciudad, después de atender a los heridos y magullados, después de recoger los escombros de la plaza de toros y de llenar todos los vagones del tren con cada tablón, cada clavo, cada traje de luces, cada banderilla y cada una de las osamentas encaladas de los animales, llevaron de vuelta esa mole de escombros y juraron que, mientras tuvieran vida para impedirlo, no volverían a traer un espectáculo así a la Ciudad del Dios Varón.

Después de que el paso del tiempo terminara por borrar de las memorias de los habitantes de la Ciudad las huellas de los destrozos que dejaron aquellos animales a su paso, luego de que por muchos años no se viviera más que para trabajar y cumplir las obligaciones familiares y laborales que la vida les exigía, el ferrocarril, ya envejecido, desvencijado y oculto casi por completo tras sus nubes de vapor, volvía a traer, una vez más, muchos más vagones que los de costumbre y una horda de payasos, saltimbanquis, trapecistas, maromeros, escupe fuegos y lanza cuchillos descendían de él y desenganchaban las jaulas repletas de animales desconocidos, de seres que apenas parecían humanos, de elefantes, aves y monos que marchaban en caravana hasta un terreno ovalado ubicado a las afueras de la Ciudad, donde comenzaron a levantar su carpa multicolor.

Habían desfilado por las calles precedidos por una banda marcial de payasos enanos, mientras los demás integrantes del circo iban y venían saltando entre la gente, haciendo bromas con artilugios que echaban agua o producían corriente eléctrica. "*Circo de México*" se leía en los carteles que iban pegando los zanqueros sobre los largos muros de las fachadas de las viejas casas, y en los volantes que un trío de gimnastas le iban entregando a aquellos que se habían detenido a observarlos con ojos maravillados, a los que permanecían tímidos bajo el umbral de las puertas y a los que se asomaban por las ventanas.

Arturo Garcés, que por esos días se había empleado como albañil del Hotel más lindo del mundo, llegaba a su casa después de una ardua jornada de trabajo y se tomaba el tinto que su madre recién le había preparado. Era su tinto de las cinco de la tarde. Observaba a través de la ventana el desorden de colores, escuchaba la algarabía del circo que llegaba y el grupo de curiosos apostados a lado y lado de la calle que los contemplaba con fascinación.

De golpe la vio en el vértice de un escuadrón que formaba el grupo de trapecistas que vestían trajes colorados. No tuvo consciencia del momento exacto en el que se dirigió a la puerta de la casa sin quitarle la vista de encima, tampoco sintió haberse echado el tinto sobre su camisa de dotación, ni el haber salido a la calle como si un movimiento telúrico lo hubiese obligado a hacerlo, ni mucho menos el haberla hallado en medio de la multitud y haberse puesto a mirarla y no haber escuchado ni los pitos ni el griterío alrededor, ni el haber sido casi incinerado por uno de los escupe fuegos, ni el haber estirado la mano para que una adivina le leyera la suerte.

Permaneció ahí, delante de ella durante instantes que bien pudieron haber sido meses o años, contemplando su cabello liso templado sobre la cabeza cayendo abundantemente sobre su delgada espalda, encima de la zanja perfecta de su columna. Sus ojos almendrados de pestañas tupidas y onduladas, sus labios pequeños y anchos cubiertos de rojo carmesí que daba tantos visos como su vestido escarlata sembrado de lentejuelas, sus piernas largas y tersas que espejeaban a la luz del día, sus brazos largos de dedos finos y uñas rojas, delicadas.

Ella lo vio también y por un instante creyó verse reflejada en la inmensidad azul de los ojos de aquel desconocido que quizá ya la estuviera amando hasta la eternidad. Sin embargo, no cayó en la supuesta trampa de un foráneo de tierras ajenas a la propia, poseedor de esa juventud y de tan marcado atractivo. Entonces sus miradas se encontraron en un instante eterno y Arturo Garcés recibió de la mano de la trapecista la publicidad colorida del circo recién llegado.

A partir de ese día y todos los días de los tres meses siguientes, Arturo se levantaba antes del amanecer, se colaba bajo la carpa mucho tiempo antes de la primera función del día, y se encontraba a escondidas con la trapecista para hacerla suya sobre el diván escarlata que le servía para dormir en su camerino. Luego tomaba el transporte hacia la construcción del Hotel más lindo del mundo, y observaba como un loco enamorado la caída del agua hecha nubes desde la cascada que había abierto el báculo dorado de El Sabio Bochica para salvar de la inundación a sus antepasados. El crepúsculo anaranjado le avisaba que era hora de volver al lado de su amada y verla arriesgar la vida en el alto trapecio del circo en la función de las siete de la noche.

Arturo Garcés había memorizado cada gesto, cada movimiento, cada sonrisa, cada entrada de redoblante y cada palabra del animador mientras ella se presentaba en medio de los aplausos de la multitud que había hecho una fila interminable con el propósito de verla. Luego él la esperaba escondido tras la pesada cortina del sarcófago de la momia egipcia, y volvían a entregarse el uno al otro.

No volvió a ir de cacería con sus amigos, ni a bañarse con ellos en las aguas del nacedero de la hacienda Canoas, ni a jugar al tejo, su pasatiempo favorito los viernes en la tarde. A pesar de saber desde el principio que aquella relación tenía fecha de vencimiento, Arturo Garcés también supo desde siempre que algo muy distinto sucedería con el amor que experimentaba por ella. Tenía la plena consciencia de que la amaría para siempre y que, a pesar de la distancia y la separación que lógicamente vendrían más temprano que tarde, la tendría para siempre clavada como una daga entre el pecho y la espalda.

Tal vez movido por esa verdad, cuando llegó antes del alba en una mañana lluviosa de octubre y vio que los hombres del circo destemplaban la carpa, embutían a los animales en sus respectivas jaulas, embalaban en baúles y maletas los vestidos multicolores de los payasos y apilaban organizadamente las cerchas, clavos y travesaños que mantenían la carpa izada sobre el campo, él no pudo más que derramar unas lágrimas amargas tras los pinos lejanos, escondiéndose de la vista de los que pasaban.

Ese día no asistió al trabajo. Se quedó contemplando aquel lugar que había vuelto a ser el mismo campo de tierra negra abandonado y solitario, con la única diferencia que ahora estaba sembrado de huecos redondos donde habían clavado la carpa, bolsas enormes llenas de basura, las heces de los elefantes y los monos y las envolturas arrugadas de las crispetas que el viento movía en grandes círculos.

El *Circo de México* se había ido, llevándose con él un gran pedazo del corazón de Arturo Garcés, el mismo hombre valeroso que había traído la compañía del ferrocarril y les había arrebatado el poder a los toros que se habían rebelado contra los hombres de la Ciudad del Dios Varón.

"Arturo no podía precisar si la noche había empezado a caer o si los incendios y explosiones habían oscurecido por completo la tarde soleada tras una cortina de humo negro y asfixiante."

CIUDAD EN LLAMAS

"Si algo llegara a sucederme, en este país no quedaría piedra sobre piedra".

JORGE ELIÉCER GAITÁN, alocución pública.

"El pueblo ha perdido la razón. Un grupo revolucionario, quizá el primero en sublevarse ante el asesinato, toma por la fuerza algunas cadenas radiales para organizar la horda, estableciendo claros lineamientos a seguir para tomar la ciudad por completo. Enseñan y transmiten la fórmula para preparar cócteles molotov, los cuales son utilizados para incendiar tranvías, almacenes, locales comerciales, oficinas, iglesias, casas, automóviles, cuarteles de policía. El gobierno, mudo y estático, muerto de pavor, no actúa. La policía le entrega sus armas al pueblo, muchas veces sin oponer resistencia. Otra multitud enardecida –o quizá la misma– toma el poder por completo, declarando la caída del Partido Conservador. 'Hay que asesinar conservadores, sí, pero no sólo a los integrantes del pueblo, sino a las cabezas grandes, del Presidente para abajo, esos cabecillas que propiciaron este crimen horrendo'".

Emisión radial, Bogotá, abril 9 de 1948.

Bajo el sol abrasador de la tarde, una sábana de sombreros oscuros se agitaba hasta donde daba la vista. El ensordecedor bramido de miles de voces, de gente que daba dádivas, parecía llegar hasta muy lejos, atravesando los altos y antiguos muros de los edificios que rodeaban la plaza, y llegaban incluso hasta los cerros lejanos que cortaban el inmenso horizonte en dirección oriente.

Un viernes cada quince días, era viernes de fiesta. Desde la tarde del jueves, luego de la escuela, Arturo no debía hacer los deberes que le habían dejado en la mañana ni ayudar en las tareas cotidianas de la casa, porque debía ayudarle a su madre a preparar el viaje del día siguiente, bien temprano hacia Bogotá. Luego, en la tarde, se iba con sus amigos el Chulo, Rigo y los otros a pescar, a coger cangrejos y a nadar en los helados pozos que nacían en medio de las montañas de las interminables haciendas de Canoas y Terreros, que llegaban hasta los límites de la Ciudad del Dios Varón. Después, con la tarde anaranjada a cuestas, bajaban hasta el Parque Principal y se colaban en el campo de tejo a pedir gaseosa y dulces a esos adultos que eran sus tíos, sus padres y sus hermanos mayores. El lugar estaba lleno de olor a pólvora, a cerveza derramada, a cigarrillo y a greda, todo inmerso en la atmósfera producida por las rancheras de José Alfredo Jiménez y de Pedro Infante. Cuando la noche había caído y el cansancio y el sueño se hacían inaguantables, salían a la calle y caminaban de la mano de esos hombres ebrios que volvían a casa tarareando la música que resonaba dentro de sus cabezas. De cuando en cuando levantaban la voz, reinventando la letra original, y tropezaban con el empedrado de losas en desnivel que por esos días era el pavimento de las calles.

Arturo siempre volvía solo a casa. No había conocido a su padre, no tenía tíos ni tampoco hermanos varones mayores. De vez en cuando se llevaba consigo a José, su hermano, a observar a los adultos jugar al tejo, pero terminaba arrepintiéndose. José tenía cinco años, tres menos que él, y aún no era capaz de aguantar ni el sueño ni mucho menos el frío como había terminado de aprender a aguantarlo él mismo, cuando se venía la neblina de El Salto o se metía desnudo en las aguas yertas de los nacederos. José se ponía a llorar siempre que veía que se había puesto de noche y comenzaba a extrañar a su madre. Se refregaba su par de ojos azules, casi transparentes, hasta que le quedaban rojos e hinchados, comenzaba a decir medias palabras y a dar cabezadas, casi cayéndose del sueño, sin importar el lugar donde estuviera: sentado en el suelo de la cancha, de pie agarrándose de las cajas de cerveza, o acurrucado jugando con las mechas de pólvora. Ni hablaba ni caminaba bien, razón por la cual las vecinas se decían entre sí que había nacido alelado, que parecía como si lo hubieran dejado caer de la cama cuando era bebé.

Arturo no toleraba esos comentarios, la mayoría hechos por el grupo de vecinas amigas de su madre, pero no podía decir ni hacer nada si no quería que ella misma "le volteara la jeta de un mazazo", como solía amenazarlo a veces; entonces se mordía la lengua y se alejaba en silencio, cosa que no hacía cuando los otros niños comenzaban a molestarlo.

—Arturo, su hermano es como bobo, creo que nació paparote —le dijo el Chulo, su mejor amigo, una mañana de lluvia en el recreo de la escuela.

Él se levantó y sin decir nada, sin previo aviso, le hundió un golpe en la boca del estómago. Olvidó por completo que el Chulo era un par de años mayor.

—¡Pelea! ¡Pelea! —gritaron los demás, mientras se cerraban en un círculo alrededor de ellos.

Albeiro, el Chulo, ya no podía levantarse del suelo. Hacía muecas, torcía los ojos tratando de tomar un poco de aire y escupía una babaza blancuzca por la boca.

El profesor Bolaños, el coordinador de disciplina, lo había visto todo desde la ventana de su oficina, ubicada en la segunda planta de la escuela. Ya se acercaba rápidamente al corrillo que habían formado los estudiantes alrededor de Arturo y del Chulo que se revolvía sobre el suelo de tierra. Al llegar, levantó a Arturo de una de las patillas.

—¡Majadero! —Le gritó—; camine para mi oficina. La señora Rosa se va a enterar de todo. Y se lo llevó a rastras, sin soltarle el pelo.

Para cuando ella llegó, el profesor Bolaños ya le había dado veinte tablazos en los muslos y le había hecho firmar el enorme libro de faltas graves.

La señora Rosa era de cuerpo bajo pero macizo, de brazos y dedos anchos y cortos, de cuello poderoso y mirada directa, furiosa. Siempre vestía con los mejores trajes y sombreros, a pesar de que se dedicaba a lavar ropas en casas de familias acomodadas en Bogotá, a hacer de muchacha del servicio cuando alguien lo requiriera, y a hacer los mandados y el aseo en la oficina del único banco de la Ciudad. Tenía cuatro hijos, de los cuales él era el segundo después de Mariela, la asmática, y anterior a José y Hernando, que por esa época era apenas un bebé de brazos. De su padre no se sabía nada, y era mejor no preguntar para así evitarse una paliza segura, más aún si la pregunta venía de un niño insolente de ocho años y medio como él.

Esa mañana la señora Rosa atravesó el Parque Principal y todas las calles hasta la puerta de su casa tirándolo de la oreja y dándole pescozones en la cabeza. A Arturo se le escurrían las lágrimas por el dolor y se le escapaban unos griticos que parecían de animal pequeño.

—Ahora sí va a saber quién soy, gran majadero.

Apenas llegar, lo metió a la fuerza a la enorme alberca del patio, rebosante de agua helada, con ropa y todo, mientras le daba lapos con el fuste de siete cueros que dejaba a la intemperie, sobre las tejas de zinc que cubrían el lavadero. Lo sacó del agua casi ahogado, lo ató contra una de las vigas que sostenían los altos techos de la casa y le dio varios fuetazos más. Lo dejó ahí solo y atado. Arturo lloró por varias horas hasta que su hermano José llegó de la escuela, salió de la cocina y sin dirigirle la palabra lo desató y le indicó que entrara a almorzar.

Su casa estaba ubicada a dos cuadras del Parque Principal, bajando por una calle de pronunciada pendiente que daba al río. Habían levantado sus muros sobre una superficie pequeña y rectangular. El techo estaba construido con tejas españolas de barro oscuro y las paredes, desconchadas, dejaban ver partes del adobe y la guadua con las que habían sido levantadas. Las puertas de los cuartos y el portón principal eran altos y delgados, y se abrían en dos hojas de madera pesada. Estaban pintados con esmalte café sobre muchas generaciones de pinturas anteriores. Parecía como si estas puertas siempre hubieran sido viejas, al igual que las columnas de madera que sostenían las cerchas que pasaban sobre los corredores, sobre el adoquín verde y blanco sin brillo de los pisos exteriores, sobre los marcos diminutos de los ventanales, sobre las losas desiguales del patio en el centro de la casa y sobre el amplio corredor que daba a la calle.

Los muros de la habitación que hacía de sala estaban adornados con fotografías a blanco y negro de personas que ni Arturo ni sus hermanos habían visto ni conocido, muchos de los cuales habían muerto hacía ya bastante tiempo, además de muchos santos y advocaciones de ellos. Sus facciones y sus rostros eran aterradores, sus miradas parecían vivas a través de los cristales de las imágenes.

En medio de la pared colgaba un Sagrado Rostro enorme con la mirada alta, perdida en el firmamento, las manos en posición suplicante y el corazón echando llamas, y a su lado un Señor Caído de Monserrate con el cuerpo cubierto por hondas y extensas costras de sangre oscura, con los ojos idos, casi muertos. Debajo, sobre una mesita, descansaba un busto del Divino Niño Jesús del 20 de Julio que era alumbrado por una veladora forrada en celofán rojo que jamás se terminaba ni se apagaba y, a su lado, una foto del Caudillo, don Jorge Eliécer Gaitán.

Arturo dormía con José y Hernando en una habitación estrecha que daba al patio por la puerta de atrás, por la que siempre se colaba el rumor del agua del río. Había dos camas unidas cubiertas por varias ruanas de lana pesada que hacían de cobijas, un cajón de madera arrimado contra un rincón, sin pintar, que era el armario para guardar la ropa limpia de los niños y los únicos pares de zapatos de cada uno, y sobre la pared que daba contra la cabecera de la cama un cuadro gigantesco de la escena más siniestra que, para Arturo, jamás se pudo pintar: el cuadro de la Virgen del Carmen librando a las Almas Benditas del Purgatorio.

En el centro de la escena, sobre la parte superior, aparecía la Virgen María sentada sobre una piedra sosteniendo en su regazo a un Divino Niño Jesús que sonreía. A ambos lados de la imagen un par de ángeles les ofrecían consuelo a unas personas desnudas que se quemaban en el fuego, quienes oraban, ocultaban los rostros llenos de lágrimas y permanecían ahí, sumidos en una calmada resignación.

—Si se portan mal —les decía su madre—, las Ánimas Benditas van a venir por la noche y les van a jalar las patas. Se van a acordar de mí.

Entrar a la habitación de su madre no estaba permitido, a menos que ella misma diera la orden.

Su cuarto era un lugar amplio, oscurecido por el peso de las cortinas de velos gruesos, siempre puestas. De las paredes se desprendía el olor de la falta de ventilación, de guardado de años. Había una ventana alta y pequeña que daba al patio y que permanecía cerrada y cubierta por una gruesa capa de polvo. La cama era enorme, antigua, de barandas altas y unos pilares de madera salían de cada uno de sus cuatro extremos subiendo hasta casi tocar el techo, como esas camas que usaban las princesas de los cuentos en tiempos muy remotos. A cada lado había una mesita de noche donde reposaban veladoras encendidas, grandes y pequeñas, rodeadas por novenas de oración, estampas de mártires y un espejo mediano de forma ovalada con marco dorado en la de la derecha. Contra una de las paredes había un grueso armario pintado de oscuro sobre el que reposaban muchas figuras de advocaciones de vírgenes, ángeles, cristos y santos desconocidos. De los listones laterales de los muebles colgaban puñados de rosarios y camándulas de colores.

Entre semana la señora Rosa se levantaba cuando todavía estaba de noche, se bañaba con agua helada a chorros de totuma, se vestía con sus mejores ropas y se maquillaba como si se fuera de fiesta; luego levantaba a los niños para que fueran a la escuela. A los tres varones los sentaba sobre la gastada piedra que hacía de lavadero, ubicada en la orilla misma del río, y los lavaba con agua fría utilizando el platón de aluminio de remojar la ropa. Les restregaba las rodillas y detrás de las orejas con un trapo que olía al mismo jabón que utilizaba para lavar la ropa, según ella, para que *"cogieran defensas"*.

En cambio, a Mariela la bañaba la noche anterior y a puerta cerrada dentro de su cuarto, con agua tibia, jabón de tocador y champú para mujer. Después del baño, preparaba el desayuno mientras los niños tendían las camas. Luego de desayunar se reunían y rezaban arrodillados ante la imagen del Sagrado Corazón de Jesús de la sala y salían cuando apenas despuntaba el alba: Arturo y José a la Escuela, Hernando donde la vecina y Mariela a la Normal Femenina.

La señora Rosa caminaba a través del Parque Principal, que por esa época era apenas un rectángulo de tierra encostrada rodeado por unas edificaciones de fachadas largas y altas, de colores pálidos, una iglesia de las más bonitas y elegantes de la región, y algunos árboles desperdigados que daban sombra a los viejos que se sentaban bajo sus ramas al mediodía. Había además un pequeño jardín redondo en el centro y una fuente diminuta, donde variados pájaros del páramo y de la tierra fría se reunían para bañarse y cantar al amanecer. Ella subía por la calle 13 hasta la carrera 6 y entraba al edificio de la esquina, una de las sucursales del Banco Nacional Agrario. Sobre su elegante vestido se ponía la bata azul oscura de dotación y tomaba la escoba, el recogedor, el trapero y el balde, y salía a hacer de muchacha del servicio por las oficinas, los baños, los cubículos de atención, la sala de espera y el andén del frente. Además servía los tintos y las aguas aromáticas, limpiaba los amplios ventanales y les hacía los mandados a los funcionarios del banco. Trabajaba desde las siete de la mañana hasta las cuatro en punto de la tarde.

Aquel jueves de abril declinaba y un sol naranja que ya no calentaba disipaba la niebla proveniente del Salto, la caída de agua hecha por El Sabio Bochica con el toque de su vara dorada; la bruma fría se había instalado desde hacía un par de horas sobre la Ciudad. Unas finas gotas de lluvia helada habían humedecido las calles polvorientas hasta oscurecerlas y ablandarlas. Al finalizar la tarde, cuando las farolas que colgaban desde lo alto de los postes torcidos llevaban poco tiempo encendidas y derramaban su luz amarillenta sobre los andenes, los pasos de la señora Rosa se distinguieron claramente a la distancia. Para ese momento los platos debían estar puestos sobre la mesa del comedor, la estufa de carbón debía estar caliente, la casa debía estar organizada y Arturo y sus hermanos debían estar dentro de la casa, esperando su llegada.

Cuando entraba los saludaba a cada uno con un beso en la cabeza, sin dejar de lado un solo instante sus maneras: movimientos bruscos, mirada dura, voz grave. Luego se dirigía a la cocina, descargaba las bolsas de la compra sobre el mesón y se ponía a preparar la comida. Los cuatro niños esperaban sentados a la mesa, en silencio. Cuando los platos humeantes estaban puestos, era Mariela quien dirigía una sosa oración de palabras lentas. Comían callados, cuidándose de no chasquear el alimento mientras masticaban, ni de hacer sonar el cubierto contra la porcelana de los platos, ni de sorber ruidosamente el agua de panela caliente. Ya con la ropa de dormir puesta, se arrodillaban ante la cama y volvían a rezar, esta vez mentalmente, cada uno, bajo la lejana mirada del Sagrado Corazón. Se apagaban las luces de la casa, a excepción del bombillo amarillo que daba sobre el umbral del portón principal y que le servía de distracción a las polillas que revoloteaban a su alrededor durante la noche.

La Ciudad quedaba entonces sumida en una oscuridad pura, de otros tiempos, como un enorme pesebre nocturno, noche apenas rota por las luces espaciadas de los postes de la calle. Lo último que escuchaba Arturo antes de quedarse dormido era el rumor del río que corría afuera.

–Enderécense que ya es tarde– eran las primeras palabras que le escuchaba decir a su madre en las mañanas, mientras lo sacudía con fuerza. No podía hacer pereza ni intentar seguir durmiendo si quería evitar que lo sacara a las malas de entre las cobijas. Después venía el baño con agua helada, un buen desayuno compuesto por una gran taza de chocolate caliente, un plato de changua con trozos de almojábana, un par de huevos de campo bien batidos y todo el pan vaso que pudiera comer.

Luego, más oraciones para encomendar el nuevo día que comenzaba a clarear en el horizonte.

Salían los cinco: Mariela que se aferraba al brazo derecho de su madre y andaba con su caminar indeciso, su mirada desconfiada y su cuerpo raquítico y enfermizo; José que no podía dejar de preguntar por todo y lloraba si no se le contestaba; la señora Rosa vestida con sus mejores ropas, bien peinada y maquillada, bañada en finos perfumes y con las uñas perfectas, acunando entre sus brazos a Hernando que dormía todavía envuelto dentro de su cobertor azul; y Arturo, el apoyo de su madre, el hijo mayor, el hombre de la casa. Sobre él recaía la responsabilidad del cuidado y la protección de las bolsas con los encargos y de José mientras la señora Rosa se ocupaba del bebé Hernando, de Mariela y de la maleta repleta con la ropa de todos para el fin de semana. Arturo debía cuidar a José para que no se fuera a extraviar en la inmensa Bogotá, de que no se lo fueran a robar, de sostenerlo dentro de los autobuses para que no se cayera, de arrimarle y sostenerle la bolsa plástica para el vómito cuando se mareaba durante el viaje, de llevarlo de la mano por las calles, de no permitir que se bajara del andén.

Las bolsas llevaban almojábanas, garullas, masato, dulces de breva, de papayuela, de mora, libras de longaniza y morcilla fresca, los postres y pasabocas originarios de la Ciudad.

Subían por la carrera 7 el par de cuadras hasta que llegaban al Parque Principal, luego de atravesar el río de aguas cafés caminando con cuidado sobre las viejas tablas que hacían de puente. Sobre los techos de las largas casas que subían en pendiente hasta el Parque se recortaba contra el cielo azul oscuro la cúpula de la iglesia y su enorme cruz negra que apuntaba directamente a la mañana.

El templo era una construcción rectangular levantada con inmensos cubos de piedras lisas de color ocre, sin brillo, que subían más de veinte metros sobre el suelo. La torre principal tenía un portón menor cuyo borde superior se recortaba en un semicírculo y sobre él había dos vitrales redondos. Más arriba estaba el campanario y un reloj que siempre dio la hora exacta. El edificio terminaba en un único domo redondo. La nave principal comenzaba con otro portón, mayor que el de la torre, de umbral redondo también, sobre el cual descansaba la estatua de San Bernardino, el patrono de la parroquia, a tamaño real, empotrado dentro de un altar sobre el cual había un tercer vitral redondo que subía hasta el techo a dos aguas, coronado por una segunda cruz oscura.

Uno de los autobuses grises de *Transportes del Muña* se ubicaba enfrente del atrio de la iglesia y salía hacia Bogotá cada cuarenta minutos. A esa hora, temprano en la mañana, ya había una larga fila de trabajadores, campesinos, oficinistas y estudiantes que venían de todas partes de la Ciudad del Dios Varón y de sus alrededores para tomar la ruta hacia Bogotá. Muchos cargaban costales llenos de gallinas que cacareaban y cerdos que chillaban asustados, bolsas con quesos y cuajadas que chorreaban su líquido de olor agrio, tulas y maletas con dulces, comidas y bebidas típicas de la Ciudad. Las ruanas y las botas de caucho de los campesinos hedían a sudor y a mierda de vaca, los chales de las mujeres despedían el olor típico de la mugre acumulada por mucho tiempo, y el bus se llenaba de un olor penetrante a gasolina.

La gran mayoría tenía que viajar de pie hasta el centro de Bogotá, y los puestos eran ocupados por señoras con niños en brazos y ancianos. El resto, en su mayoría hombres adultos, tenían que apretujarse unos contra otros y viajar así, incómodos, por la tortuosa carretera en construcción que llevaba a Bogotá. Uno de ellos le cedió su silla a la señora Rosa, en la parte trasera del bus, quien acunó a Hernando en su regazo, acomodó en la pierna izquierda a José y en la derecha a Mariela, y guardó la maleta y las bolsas bajo el asiento. Arturo iba de pie frente a ella, respirando el aroma dulzón de su perfume.

Durante el viaje el tufo de los quesos se confundía con el de la gallinaza, con el de la porquería de los cerdos, con el de las lociones y los perfumes y muy pronto con el del vómito. Los niños, más que todo, se mareaban y devolvían el desayuno dentro del bus, dejando el piso encharcado, pegajoso y hediendo a agrio. El viejo camión rodaba penosamente sobre las carreteras a medio pavimentar y sus latas resonaban como si fuera a desbaratarse.

Muchos de los pasajeros, los hombres adultos y los jóvenes que apenas habían alcanzado la adolescencia, intentaban emular con su vestimenta al jurista, al liberal, al orador, al Caudillo Jorge Eliécer Gaitán; se engominaban el pelo y lo peinaban hacia atrás hasta pegarlo contra el cráneo, vestían elegantes trajes de paño con camisas relucientes de cuellos almidonados, corbatas de moda con nudos pequeño, pañuelos claro en las solapas de las guerreras y gabardinas de paño o dril que llevaban dobladas sobre el antebrazo.

Leían o trataban de leer la prensa durante el viaje y discutían, acalorados e impetuosos, con una unción y una fuerza que sólo podía experimentarse cuando se hablaba de don Gaitán. La mayoría de esos hombres viajaban casi todos los días de la semana con la única intención de subir por la avenida 19 o la calle 13 en el centro de Bogotá, tomar la Séptima y sentarse a esperar a que el político saliera a almorzar, a la una en punto de la tarde, únicamente para verlo; los más osados se le acercaban, le estrechaban la mano con fuerza, le dirigían palabras de aliento por la causa y le palmeaban la espalda con vigor y cariño, mientras el caudillo sonreía por compromiso y asentía en un incómodo silencio.

Arturo ponía cuidado a las palabras de los hombres y a propósito recordaba que, durante las tertulias de su madre con las vecinas, las señoras contaban que en los lugares más apartados, en los pueblos alejados y en los pequeños caseríos, solían aparecer cuerpos de hombres y mujeres horriblemente mutilados y con evidentes signos de tortura, cadáveres que traían los ríos y grupos completos de personas desaparecidos que jamás volvían a aparecer. Ellas aseguraban que se debía a la política y a la guerra sin cuartel que libraban los *godos* contra los *cachiporros*, los conservadores contra los liberales. Ellas afirmaban que vivían en una época difícil y peligrosa, pero al mismo tiempo esencial y muy importante para decidir el futuro próximo de toda la nación.

Para Arturo era inevitable observar a aquellos hombres desconocidos y no recordar este tipo de historias.

Sin embargo no alcanzaba a entender por qué para aquellos hombres el hecho de morir de formas tan crueles significaba entregar la vida propia a una causa justa, a unos ideales que posiblemente ni serían tenidos en cuenta en el diario vivir, a maneras de expresar un sentimiento que se volvía carne y guerra sólo para unos pocos, los pobres y humildes que eran quienes ponían los muertos. Cuando más concentrado estaba en sus observaciones y pensamientos, era cuando sentía el coscorrón o el jalón de patillas que le daba su madre:

–Irrespetuoso. No los mire así, gran atrevido.

Por aquel entonces la Autopista Sur era una línea de tierra apisonada que atravesaba unos campos enormes y anegados que brillaban bajo la luz del día, cercados a su vez por una cadena montañosa que se elevaba al oriente. Al pasar la estación del tren en Bosa, se podían notar los primeros cambios en la carretera, que se convertía en una vía cubierta por un pavimento oscuro y áspero y que más adelante comenzaba a serpentear entre calles y construcciones desconocidas, entre talleres de automóviles y locales comerciales, entre barrios residenciales y tugurios de paredes ennegrecidas sembrados de indigentes; entonces comenzaban a aparecer los primeros edificios de cuatro y cinco plantas, hasta llegar a las calles y callejones del centro de Bogotá, atestado de mujeres y hombres desconocidos, de oscuras apariencias.

Arturo sabía que llegarían pronto cuando observaba pasar a la derecha del autobús la larga fachada gris de alféizares verdes del hospital San Juan de Dios. Tras la construcción los cerros color verde oliva recortaban el horizonte de la ciudad y subían escarpados, fijando los límites de Bogotá. Más allá, al frente, un grupo de altos edificios se elevaba por encima de las demás construcciones que la iglesia de Monserrate parecía observar desde lo alto. El autobús continuaba internándose entre filas de edificios, bajaba unas cuantas cuadras más hasta que por fin se detenía enfrente de la Basílica del Sagrado Corazón de Jesús, en el corazón del barrio Voto Nacional, cuyas paredes mohosas y cubiertas por la húmeda y oscura capa de los orines acumulados eran el principal recostadero de ladrones, raponeros, prostitutas e indigentes. Los automóviles pasaban a altas velocidades dejando tras de sí oscuras nubes de humo, la enorme cantidad de personas desconocidas y afanosas formaban ríos de gente, todo bajo el cielo, la mayoría de veces, encapotado de la capital.

Los últimos pasajeros descendían por la puerta de atrás. La señora Rosa llevaba a Hernando en brazos, profundamente dormido, y a Mariela de gancho, que venía pálida y con una bolsa plástica para el mareo en la mano libre. Arturo llevaba a José con la mano izquierda y con la derecha sostenía firmemente las bolsas llenas con los encargos de los patrones, a la vez que trataba de seguir de cerca los rápidos pasos de su madre e intentaba mantenerse cerca de ella para no terminar siendo presa fácil de los ladrones del sector, sigilosos y experimentados entre la gente.

Ese viernes, cada esquina permanecía custodiada por un par de agentes de la policía o por miembros del batallón Guardia Presidencial, que usaban sus uniformes relucientes y que estaban encargados de la seguridad de una conferencia internacional que tenía lugar en las instalaciones del Salón Elíptico del Congreso de la República, ubicado unas calles más arriba. Habían ubicado filas de pesadas vallas de seguridad entre los muros de las construcciones y el borde de los andenes en todas las esquinas de las cuadras cercanas, donde los uniformados requisaban las filas de hombres que se dirigían hacia la plaza y les hacían abrir las carteras y los bolsos a las mujeres antes de dejarlas pasar. No podían ingresar personas con tufo a alcohol ni aquellos que cargaban armas de cualquier tipo. Si normalmente la incontable cantidad de nuevos automóviles y la muchedumbre provocaba caos y desordenes, era intolerable estar cerca de los cláxones de los carros y los camiones de servicio público, era casi imposible caminar entre los infinitos racimos humanos. Era difícil no perder el rastro de su madre que caminaba adelante, así como no soltar a José que caminaba a su lado, agarrado de su mano, mientras la otra le ardía terriblemente por el adormecimiento que le causaban las pesadas bolsas que llevaba.

Subieron a pie desde la avenida Caracas por la calle 10 hasta la Séptima, donde Bogotá parecía una copia diminuta del Nueva York que aparecía en las fotografías a blanco y negro de los periódicos y revistas. El centro de la ciudad era caótico y desordenado si se estaba en sus calles, pero era una hermosa postal si se le veía desde los pisos altos de los edificios: filas de autos nuevos y relucientes bien parqueados, calles amplias y rectilíneas que se cortaban limpias y grises entre sí, altas e inmaculadas edificaciones vanguardistas con grandes vitrales transparentes, cerros oscuros e inaccesibles en dirección oriente, y lo que más impactaba a Arturo y a sus hermanos menores: los tranvías.

Rodaban lentos y tranquilos sobre sus rieles resplandecientes con sus carrocerías pulcras y relucientes, pintadas de rojo y amarillo, atestados de pasajeros de traje. Los cables que los unían a las cuerdas de la electricidad de los postes de la luz se mecían a su paso. Los cuatro niños se quedaban mirándolos con la boca abierta, maravillados.

–Cierren la boca, que parecen montañeros. Anden a prisa, o no nos subimos –los amenazaba la señora Rosa que siempre hablaba en serio.

Arturo volvió a aferrar la mano de su hermano y esperó la orden de su madre para pasar la calle. Cuando el semáforo dio la luz roja, cruzaron en medio de un nuevo enjambre de personas y se ubicaron bajo el techo de uno de los paraderos atestados de hombres y mujeres. El tranvía se detuvo enfrente dando unas campanadas agudas y varios de los hombres que también lo esperaban dejaron pasar primero a la señora Rosa y a sus cuatro niños.

Los niños se dedicaban a observar por la ventana. El tranvía tomó la Séptima hacia el norte, recostado sobre la derecha de la calzada. Por la izquierda venían de frente los tranvías que salían del Centro. Rodaba sobre sus rieles como uno de los trenes que Arturo había visto tantas veces en las fotografías de los libros y en las películas mexicanas en el Pulgas, el desvencijado teatro local; iba con un ritmo suave y acompasado mientras sonaba la música característica del acero de sus ruedas sobre el acero de los rieles. Iban maravillados observando una Bogotá que parecía una ciudad diferente vista desde la perspectiva del tranvía, una ciudad más sutil, menos veloz, una ciudad que era digna de guardar en la memoria.

–Alístense. Nos bajamos en la próxima parada – dijo la señora Rosa, sacándolos del encantamiento.

Descendieron en el paradero de la calle 24, donde a la vez subieron más pasajeros. El tranvía se alejó en dirección norte. Caminaron un par de cuadras hacia los cerros, hacia el oriente, y doblaron a la derecha. Aquel lugar era el comienzo de un barrio residencial, un sitio quieto y silencioso de calles y callejuelas estrechas que zigzagueaban entre las casas hacia las montañas y que finalmente terminaban sobre la línea de los árboles gigantescos debajo de la iglesia de Monserrate, que desde allí lucía gigantesca. Las casas, de largas fachadas, eran mucho más elegantes y mejor construidas que las de la Ciudad del Dios Varón. Se veía que su construcción había sido llevada a cabo por obreros, arquitectos e ingenieros realmente calificados para la tarea, y no por campesinos chapuceros y albañiles empíricos. De vez en cuando rodaba sobre la calle un automóvil que rompía el silencio o pasaba un vendedor ambulante que ofrecía sus productos a lo que le daba la voz.

Arturo y sus hermanos siguieron a la señora Rosa hasta una casa enorme con antejardín encerrado por una alta verja oscura, de varillas redondas y verticales, por cuyos resquicios se escapaban las altas ramas cargadas de hojas de un par de árboles de breva, unos cerezos y un durazno. Más adentro se veía la fachada con la puerta del garaje abierta y el Chevrolet Fleetmaster negro de corazas blancas aparcado de frente, mostrando su trasero brillante y ovalado. Se veía el portón principal al costado derecho, y encima la amplia segunda planta de ventanas grandes donde estaban las cortinas corridas del gran estudio de don Fernando, el señor de la casa, lugar en el que pasaba gran parte del día y de la noche ojeando y releyendo sus enormes libros, contestando su correspondencia personal y elaborando críticas y columnas para los diarios y los periódicos para los que había escrito durante toda su vida. Mientras tanto su esposa, la amable y distinguida señora Zulma, veía el jardín, se reunía con otras señoras a tomar el té y organizaba las vacaciones que tendría con su esposo al finalizar el año.

No habían tenido hijos y dentro de esa enorme casa llena de cuartos, de pasillos, de salas de estar y de jardines coloridos, en su enorme patio que daba hasta el límite de los verdes y húmedos cerros, siempre se percibía un silencio aterrador, un sosiego de muerte, apenas roto por los pasos quedos de uno de los dueños de la casa o de alguno de los miembros de la servidumbre cuando se movían de un lado a otro, cuando la empleada recogía de la mesa la vajilla y la lavaba en el platero de aluminio del gran mesón de la cocina, o cuando don Fernando hacía sonar en su estudio el fonógrafo que había traído años atrás de Europa con los discos de Frank Sinatra.

La señora Zulma siempre les demostró un gran cariño a los cuatro hijos de la señora Rosa. Se reflejaba en buenos tratos, en amplias y cálidas sonrisas, en dulces y golosinas, en ropa, en zapatos y en un interés que nadie más les tenía: les preguntaba cómo les iba en la escuela, observaba sus libretas de calificaciones, se preocupaba por cómo se comportaban y cómo se sentían, si les faltaba algo, actitud extraña para los niños. En cualquier lugar y para cualquier adulto eran apenas tenidos en cuenta y si se reparaba en su presencia era únicamente para regañarlos, castigarlos o pedirles que fueran a la tienda. Arturo le atribuía esta actitud a que la señora no tuviera hijos, aunque también estaba seguro que todo aquello que decían los adultos de él y de sus hermanos era cierto, que eran una manada de mocosos majaderos y útiles únicamente para comer, dormir y hacer males.

Después de tocar el timbre apareció una de las empleadas desde detrás de los altos arbustos del jardín, salpicados por las flores anaranjadas de la mata de mermelada. Tenía los rasgos afilados, de ave de presa, y los atravesó con su mirada amarilla antes de abrir la puerta de la reja para dejarlos pasar. La señora Zulma recibió a doña Rosa con un abrazo rápido y sin energía, de nobleza, y a los niños les besó la frente mientras les decía lo grandes que se habían puesto en el último mes. Hizo que la empleada recibiera las bolsas que traía Arturo colgando de la mano agarrotada, la enorme maleta de cuero grueso y pesado que traía casi arrastrando la señora Rosa, y le ordenó que los acompañara a una de las habitaciones del servicio, ubicada en la primera planta, bien al fondo de la casa, tras la cocina, el cuarto que siempre les asignaban cuando la señora Rosa venía a ocuparse de la fina ropa de la señora de la casa.

—Y llévese a Arturo para que le ayude a traer lo que falta para el almuerzo, las onces de media tarde y la comida —le dijo la señora Zulma a la criada cuando ya se iban hacia la habitación—; la calle está muy llena de gente y todavía faltan varias cosas por traer.

Arturo volvió desde la habitación y la señora Zulma ya tenía hecha la lista con los productos que debía traer con la empleada. Por las escaleras bajaba la melodía de *I'll never smile again* de Sinatra con los arreglos de la Tommy Dorsey Orchestra desde el estudio de don Fernando.

Ya afuera de la casa, desde lejos, el sonido característico de Bogotá llegaba transportado por el viento, una corriente de aire que descendía desde las montañas, que precipitaba las nubes bajas y hacía del clima un verdadero enigma, una adivinanza complicada.

Pero ese era un día espléndido. El sol caía desde lo alto envuelto en una nebulosa pálida y la calle estaba estática, como en un cuadro a blanco y negro de las calles de Viena o Praga. Arturo comenzó a trotar por la acera de la carrera Quinta en dirección sur, esa calle lánguida y estrecha cuyos frentes de las casas y edificios casi se tocaban entre sí.

La empleada había quedado media cuadra atrás, malhumorada como siempre que los mandaban a traer los víveres, y el niño mantenía el paso firme para no dejarse alcanzar. Se había guardado la lona del mercado en uno de los bolsillos posteriores del pantalón y curioseaba desde afuera los locales comerciales que tenían las puertas abiertas sobre la acera: zapaterías con olor a betún y a pegante, cigarrerías de vitrinas transparentes empotradas en paredes y techos, panaderías cuyos roscones y tortas recién salían de los hornos, casas de empeño repletas de oro, piedras preciosas y todo tipo de artículos imaginables, restaurantes que olían a changua, a caldo de costilla con papas y a tamal, y talleres de automóviles con sus trabajadores engrasados y acostados bajo las carrocerías de los coches.

Llegaron a la calle 17, Arturo adelante, a casi una cuadra de distancia. Los altos edificios no dejaban entrar la luz del sol ni a los locales ni a la estrecha calle, produciendo un eclipse parcial. Llegó a la esquina, se detuvo, miró hacia atrás y la delgada mujer farfullaba a la distancia un regaño que intentaba hacer enérgico con movimientos de sus brazos y apretando el paso. Pero Arturo continuó su marcha sin ponerle atención; miró a lado y lado de la calle y la atravesó a la carrera. De los restaurantes seguían escapando los olores mezclados del guiso, de la carne asada, del chocolate hervido, de la mazamorra. La bocacalle de la 17 con Séptima recibía a los transeúntes bajo la penumbra de sus árboles altos y sus ramas delgadas movidas por el viento.

Las Nemesias, como también llamaban a los tranvías, iban y venían lentamente, rodando sobre sus rieles, mientras sus conductores hacían sonar las campanitas en las esquinas. A lado y lado de la vía se veían los automóviles parqueados de donde salían hombres elegantes, de traje de paño, corbata y sombrero, y damas refinadas de movimientos sutiles a buscar restaurante para almorzar.

A esa hora del día los transeúntes parecían multiplicarse: las personas subían, bajaban y atravesaban los andenes y las calles sin cuidado, entraban y salían de los locales comerciales a grandes zancadas, como si corrieran el riesgo de llegar tarde a alguna cita importante. Arturo mantenía su paso rápido en medio de la gente, zigzagueando entre la multitud con cuidado de no chocar. Conocía bien el camino y no le temía a perderse, y además su madre no iba con él y no corría el riesgo de recibir una buena reprimenda de su parte.

Algunas cuadras adelante, justo enfrente del edificio Agustín Nieto, una gran cantidad de hombres se aglomeraban sobre el andén con la esperanza de ver al señor Gaitán, de poder saludarlo de mano para luego palmearle la espalda como a un amigo más, de poder decirle algo para que viera que su causa contra la oligarquía era compartida. Arturo había escuchado decir que el Señor Gaitán era muy puntual y disciplinado, extremadamente rígido con sus horarios personales, y que por esa razón salía siempre a tomar su almuerzo a una hora exacta todos los días, ni un minuto más, ni un minuto menos: a la una en punto de la tarde.

"Yo no quisiera ser así", pensó Arturo, y siguió andando entre la gente.

Al fondo, recostado a la izquierda, podía ver las aristas rectas y antiguas del edificio de El Tiempo en la esquina, enfrentado a la fachada de la Iglesia de San Francisco, empedrada desde tiempos coloniales, la de Veracruz y la de la Tercera Orden Franciscana, cuyas torres se elevaban muchos metros sobre las cabezas cubiertas por los sombreros de ala ancha de la gran cantidad de hombres y los chales de seda y las mallas para el cabello de las mujeres. Ahora era casi imposible pasar entre la gente, cuyo grupo se hacía cada vez más apretado. Desde muy atrás, a más de media cuadra de distancia, la voz de la empleada pidiéndole que se detuviera y que la esperara se hacía inaudible. El rumor de la ciudad era tan alto que su aliento no era suficiente.

A pesar de todo, a Arturo le pareció escucharla y se detuvo un instante, metido entre la gente, y miró hacia atrás. La vio a lo lejos, rodeada de transeúntes desconocidos que iban en todas direcciones, en el mismo instante que percibió un rumor que iba creciendo rápidamente, un estruendo a través de la carrera Séptima que llegaba como el sonido ensordecedor de una avalancha de voces, de gritos y de llantos que se acercaba a gran velocidad.

La criada desapareció entre el tumulto incontrolable de gente que comenzaba a arremeter contra todo aquello que existía. Los hombres entraban en los locales de comercio y los saqueaban, destruían lo de poco valor y lo dejaban hecho trizas; detenían los tranvías y los vehículos a la fuerza, hacían bajar a conductores y pasajeros, rompían sus vidrios y sus carrocerías, subían a sus techos y los incendiaban después de rociarles gasolina; entraban a los altos edificios de oficinas, rompían sus enormes ventanales y les prendían fuego desde dentro.

–"¡Lo han matado, lo han asesinado! ¡Asesinos!"– gritaba la multitud en un aullido dramático, único y fantasmal.

La gente lloraba, se agarraba la cabeza a dos manos, se dejaba caer de rodillas sobre el pavimento, lamentaban al cielo. A medida que el grito crecía en la multitud, casi sin excepción los demás se unían al desenfreno e iniciaban una nueva arremetida contra todo lo que existía.

Arturo, aterrorizado y sin saber qué había sucedido, intentó echar a correr hacia el lugar donde le parecía haber visto por última vez a la criada de la señora Zulma, pero los cuerpos de los hombres que conformaban la turba se lo impedían, llevándoselo por delante con facilidad. Enseguida cayó al suelo y una multitud pasó sobre él. Después de unos segundos angustiosos logró levantarse del piso y sintió sobre su sien izquierda un líquido caliente y pegajoso que le bajaba por la cara y el cuello. Se tocó la cabeza y sus dedos se mancharon de sangre. Miró a su alrededor, como si acabara de despertar de un sueño, y la gente descontrolada seguía corriendo a su alrededor entre una atmósfera viciada de humo negro, de gritos y de llanto, de desesperación e impotencia.

Los propietarios y trabajadores de algunos locales habían alcanzado a bajar la cortina de hierro de sus tiendas y la turba los incendiaba desde afuera. La gente que viajaba en autobús o automóvil, ignorantes de lo que acababa de suceder en la ciudad, debían abandonar sus transportes ante la horda sin control que empujaba los carros hasta voltearlos de costado, causando cortocircuitos al reventar los cables que les daban electricidad a los tranvías. También fueron incendiados en pleno viaje, obligando a sus ocupantes a saltar por las ventanas en pleno movimiento, causando más caos y terror. Las llamas comenzaron a elevarse muy alto y el humo se volvió más negro y pesado, a lo que la multitud respondía con arengas, consignas políticas y más desmanes.

En medio de su lucha contra la gente, Arturo vio que un grupo de hombres se dirigía directo hacia donde él se encontraba con un bulto oscuro a rastras. Era un cuerpo al que le propinaban una horrible paliza, lo golpeaban con palos, piedras, enormes trozos de concreto y hasta grandes esquirlas de vidrio, mientras lo insultaban y lo escupían. Era el cuerpo de alguien que había sido arrastrado por muchas calles y que lucía fracturado por completo y permanecía completamente inmóvil, sin oponer ninguna resistencia. No se podía precisar si era viejo o joven, si era alto o bajo, o si era moreno, negro o blanco; la sangre encostrada le escondía el rostro y la cabeza por completo, el linchamiento casi no le había dejado ropa y la que le había quedado estaba tan destrozada, que sus genitales destruidos y tumefactos habían quedado a la vista de todos.

Un horror que jamás había experimentado lo paralizó en medio de la multitud descontrolada. Una mujer que había caído de rodillas precisamente enfrente de él lo tomó por los hombros y lo sacudió mientras lo miraba con un par de ojos enardecidos anegados en lágrimas. Un hilillo de sangre le bajaba de una de sus fosas nasales.

—¡Corre, salva tu vida!

Sólo entonces Arturo reaccionó al peligro en el que se encontraba. Pudo ver un resquicio entre la multitud y ubicó la entrada a una callejuela estrecha que subía en dirección a Monserrate. Corrió hacia ella. Pero por allí venía de frente otro grupo de hombres que se dirigía hacia la Séptima blandiendo machetes, mazos, garrotes, escopetas, todo tipo de armas y de objetos contundentes. La primera línea de desconocidos pasó sobre él y Arturo cayó de espaldas, una vez más, sobre el pavimento que parecía hervir. Le pasaron por encima sin verlo, pisaron su cuerpo y desaparecieron por el costado derecho de la calle. Segundos después un enorme camión militar llegó desde el mismo sitio por donde había aparecido el grupo de desconocidos, se detuvo en el centro de la calle y de él descendió un pelotón completo de soldados del ejército. Se cuadraron rápidamente al mando de uno de mayor rango y tomaron rumbo hacia la Plaza de Bolívar.

Aturdido, sin ningún tipo de referencia, Arturo serpenteaba entre las calles caóticas y destruidas escuchando claramente el eco de las explosiones que venían desde los comercios, desde dentro de los edificios y desde los automóviles que habían quedado aparcados enfrente a los andenes. Los manifestantes habían tomado botellas de vidrio, las habían llenado de gasolina hasta la mitad, las habían tapado con un trapo empapado de la misma gasolina, les habían prendido fuego y las arrojaban contra los ventanales, contra los automóviles, contra los tranvías y contra los grupos de fuerza pública que habían comenzado a aparecer. Bocaradas de fuego surgían de las cuencas vacías de las ventanas rotas de los edificios abrasando y ennegreciendo las paredes y los techos, incluso alcanzando las ramas de los árboles que se incendiaban rápidamente.

Desorientado, perdido por completo, Arturo corría sobre los escombros, sobre las grandes esquirlas triangulares de los vidrios rotos, sobre la gran cantidad de objetos abandonados, quemados y destruidos, sobre los cuerpos inertes de hombres y mujeres que habían quedado regados en desorden sobre las calles y los andenes. Había tratado de correr en la dirección opuesta desde donde surgían las detonaciones ensordecedoras de las bombas y las ráfagas de los fusiles, por lo que había cambiado de dirección muchas veces.

En ese momento una detonación surgió desde atrás y él, junto a un grupo de diez o doce personas que también trataba de ponerse a salvo, corrió al azar hacia una bocacalle donde, en ese preciso momento, surgía un grupo de soldados que al verlos pusieron las rodillas en el suelo, les apuntaron con sus fusiles y dispararon. Las ráfagas de disparos zumbaron alrededor de su cuerpo. En un movimiento reflejo, Arturo se dejó caer al suelo y permaneció tan quieto como le fue posible. Las explosiones secas de los disparos y sus zumbidos se ahogaban abruptamente cuando los proyectiles entraban en el cuerpo de las personas que habían tratado de huir con él antes de caer muertos. Un hombre bien vestido cayó boca abajo a su lado y lo miró con los ojos muy abiertos, con una mirada de horror y súplica, como si fuera un pez al que acabaran de sacar del agua. Tuvo una contracción y un vómito rojo salió de su boca. Bajo su cuerpo surgió un charco de sangre que fue extendiéndose lentamente y permaneció cálido sobre el pavimento hasta que alcanzó a Arturo y le manchó el costado derecho de la cara, el pecho, la camisa y el pantalón corto. Los uniformados pasaron rápidamente revisando los cuerpos tendidos en la calle, hurgándolos con sus fusiles.

Arturo permaneció tendido, con los ojos apretados. Los soldados no creyeron necesario verificar si aquel pequeño había logrado sobrevivir a la ráfaga sorpresiva de disparos, menos aun cuando un enorme charco de sangre espesa e hirviente surgía de debajo de su cuerpo.

—Todos muertos. A la Séptima, ¡Ar! —dijo una voz, y todos los soldados desaparecieron en medio del sonido uniforme de sus botas.

Arturo no podía precisar si la noche empezaba a caer o si los incendios y explosiones habían terminado por oscurecer la tarde soleada tras una cortina de humo negro y asfixiante. No sabía la hora y era imposible tratar de calcular cuánto tiempo había transcurrido desde que todo empezó. Sentía la seguridad de que ya no le quedaba fuerza alguna para correr a pesar de ser el más veloz y el de mejor físico de toda la escuela. Parecía que habían quedado muy atrás en el tiempo aquellas veces cuando le había callado la boca a todos, incluso a los niños mayores que él, y habían perdido por mucha distancia al retarlo a dar la vuelta a la Chucua, en la lejana Ciudad del Dios Varón.

Las calles y las carreras le parecían ahora completamente desconocidas detrás de las columnas de humo, e incluso parecía haberle perdido el miedo inicial a las explosiones que surgían de imprevisto, al ruido de los disparos que salían de las escopetas y los revólveres de los amotinados, a las ráfagas de fusil de los hombres del ejército, a los locales que echaban fuego por sus fauces abiertas y por las cuencas de sus ventanas rotas, al humo negro que cortaba la respiración, a los cadáveres irreconocibles tendidos en las calles. La realidad se le presentaba lentamente, como en un sueño o en una honda pesadilla donde todo iba sucediéndose vertiginosamente y no alcanzaba a comprenderse del todo, como si nada ahora tuviera la misma importancia.

A su alrededor, muchas personas seguían huyendo, corriendo despavoridas en busca de un lugar seguro en el cual esconderse. Otros, que eran muchos, mantenían la misma intención primitiva de quemar y destruir. La policía y los soldados seguían disparándole a todo lo que se moviera entre los escombros, aunque la gran mayoría de uniformados le habían entregado voluntariamente sus armas a la multitud enardecida para mostrar su inconformismo, su ira e impotencia ante el magnicidio, incluso se les podía ver arrojando cócteles explosivos contra los edificios y contra sus compañeros de servicio.

Los disidentes se mantenían en pie de lucha y sus arengas podían escucharse en diferentes puntos de la ciudad. Transcurría un tiempo que a Arturo le parecía real e irreal al mismo tiempo, donde todo existía y no existía, donde sucedían cosas terribles pero que por alguna extraña razón no alcanzaba a comprender ni a dilucidar completamente, incluso que no alcanzaba a sentir. De pronto volvió a percibir la cercanía de los disparos y las explosiones y se encontró huyendo, una vez más, a lo que le daban las piernas, por calles destruidas y desconocidas.

Cuando el cielo se oscureció por completo, en las calles quedaban pocas personas vivas. De vez en cuando lograba verse alguna sombra que corría de un lugar a otro intempestivamente y se ponía a cubierto en un edificio que echaba humo o tras una pila de escombros. En las esquinas, Arturo se escondía tras los autos incinerados y antes de cruzar atisbaba por los resquicios, comprobando que nadie lo observara. Era como moverse en la tierra de nadie de una guerra. Tenía el rostro cubierto bajo una gruesa costra de sangre y su camisa y su pantalón todavía conservaban la sangre húmeda del hombre que había muerto a su lado.

Los cadáveres alrededor descansaban conservando la misma posición que tenían en vida cuando los había sorprendido la muerte: un conductor de tranvía sobre su puesto aún se aferraba firmemente al manubrio de la máquina, un centinela en su garita permanecía apuntando su fusil con el índice derecho listo para disparar, un hombre acurrucado en un rincón con el costado derecho ennegrecido y ensangrentado se tapaba los oídos a dos manos, un indigente muerto parecía dormir sobre un andén.

En medio de su extravío y desesperación, Arturo mantenía la esperanza de que se encontrara de frente con la enorme y acogedora casa de don Fernando y de la Señora Zulma, ya que apenas verla sería fácil para él reconocerla. Había empezado a extrañar a sus hermanos, como nunca lo había hecho, estaba hambriento y tenía mucha sed; pensaba que ni la peor paliza que pudiera imaginarse le impediría abrazarlos a ellos y a su madre, y que realmente significaría muy poco un nuevo baño en la alberca con agua helada, unos lapos con el cinturón de cuero no serían nada, ni el regaño respectivo por habérsele adelantado demasiado a la empleada y haberla perdido en medio de la multitud. Incluso anhelaba pasar otra noche sin comer y en vela, con hambre y ardor en la boca del estómago, con tal de reunirse con su familia.

Mientras atravesaba un parque de árboles frondosos e incinerados, un par de uniformados aparecieron por una esquina. Se quedaron mirándose entre sí, estáticos. Los separaban unos pocos metros. Arturo giró y echó a correr lo más rápido que pudo hacia la bocacalle más cercana.

—¡Quieto! —escuchó tras de sí, pero no obedeció.

—¡Deténgase! —entonces escuchó varios disparos a sus espaldas que pasaron zumbando a lado y lado de su cuerpo y de su cabeza y que fueron a clavarse en el portón de una antigua construcción ubicada en la esquina del parque.

Arturo no pensaba, tan sólo corría obedeciendo a un horror que jamás había experimentado. Podía escuchar el sonido de las botas de los soldados corriendo detrás de él, muy cerca, el vaivén de las correas de sus balas dando contra sus cinturones de dotación, sus respiraciones agitadas.

Dobló a la izquierda en la esquina más próxima. Una explosión había abierto un boquete alrededor de una alcantarilla y Arturo cayó adentro. La caída fue muy lenta, fue como flotar en un pozo sin fondo, totalmente negro. Apenas tocó el suelo perdió el sentido. Una oscuridad impenetrable lo rodeó por completo.

La señora Rosa lo buscó por todas partes durante los días y las noches siguientes. Fue a hurgar entre los escombros, bajo los techos caídos, dentro de los tranvías y automóviles humeantes, en los locales destruidos, en el Cementerio Central donde filas y filas de cadáveres esperando ser reconocidos descansaban sobre el enlosado y en las interminables listas de fallecidos de las autoridades, pero no logró hallarlo. Ya cuando lo daban por muerto y desaparecido, al igual que a centenares, a miles de personas más, un hogar de niños huérfanos les avisó que Arturo estaba allí desde hacía algo más de dos meses. Alguien lo había encontrado en un hueco producido por una bomba cerca del barrio Restrepo, y desde entonces el niño se recuperaba en ese hogar del barrio 20 de Julio.

"Bajo el sol de una mañana raramente soleada, decidió dejar su trabajo en el Hotel más hermoso del mundo. Lo observó a la distancia, por última vez en muchos años, bañado por el rumor del agua que caía detrás en su furia majestuosa."

EL HOTEL MÁS HERMOSO DEL MUNDO, LAS CINCO IGLESIAS Y EL REGRESO DEL HEREDERO

La compañía ferroviaria había terminado por atravesar los campos de la Ciudad del Dios Varón y continuaba su paso hacia el sur, hacia otras poblaciones apartadas y perdidas entre la neblina permanente, en medio de la verde y tupida vegetación, de las montañas lejanas de cimas devoradas por las nubes bajas, llegando hasta la frontera con la tierra caliente.

Ahora la vieja carretera que comunicaba la Ciudad del Dios Varón con la Capital estaba siendo pavimentada y ya serpenteaba muy lejos entre los montes y la niebla. Mucha gente nueva había llegado a establecerse allí de manera definitiva atraída por la tranquilidad, el bello paisaje de las montañas cercanas y por el crecimiento que la Ciudad venía experimentando desde hacía tiempo. El paisaje era tan hermoso y la caída de las aguas por la boca de la catarata tan majestuosa, que de oídas muchos se fueron enterando y el lugar fue adquiriendo un prestigio mágico.

Fue entonces cuando en una tarde normal y corriente, años después del escape de los toros y tiempo antes de la llegada del *Circo de México*, llegó una comitiva desde un lejano departamento fronterizo preguntando por El Salto del Tequendama. Los lugareños les indicaron por señas su ubicación y los desconocidos, a la mañana siguiente, desaparecieron sin dejar rastro rumbo a la cascada. Tiempo después volvieron y, una vez más, la gente supo que algo salido de la cotidianidad sucedería por esos días: volvieron a ver la locomotora tirando muchos vagones de más que los habituales. Confirmaron sus sospechas al ver una numerosa cuadrilla de trabajadores desatando las sogas y cadenas que sostenían dentro de los vagones unas máquinas novedosas, las cuales fueron subidas a los planchones de unos camiones enormes que esperaban al pie de la estación del tren y que se marcharon en dirección al Salto cuando estuvieron aseguradas.

Arturo Garcés, que por esos días andaba en edad de prestar el servicio militar obligatorio, tuvo curiosidad de la nueva gente y de las nuevas máquinas que habían llegado y fue contratado para iniciar una inminente nueva obra.

—Va a ser una construcción de las más modernas que se haya hecho —dijo el ingeniero con su acento cantado—. Va a ser el Hotel más lindo del mundo.

El jefe de arquitectos e ingenieros había sabido elegir el sitio perfecto: el borde de una enorme piedra empotrada en el filo del acantilado que había esculpido El Sabio Bochica con su báculo de oro al principio de los tiempos y por donde caían las aguas transparentes de la catarata, blancas a la distancia. Empezaron por derribar los eucaliptos milenarios de la orilla de la carretera y por limpiar la maleza de la roca. Luego, utilizando primero unos taladros enormes, después tacos de dinamita y por último picos de acero, esculpieron la piedra hasta dejarla plana: los planos del Hotel más lindo del mundo mostraban que éste habría de tener sus tres pisos inferiores clavados en las entrañas del cerro de roca y los otros dos sobre la superficie.

Arturo removía piedras como ningún otro y su espalda y brazos comenzaban a volverse de hombre. Trabajaba sin camisa y le daba la espalda a un sol que parecía venir de todas partes, eclipsado perpetuamente por la niebla del Salto, eterna y densa; era imposible determinar si era mañana o tarde sin verse obligado a observar la hora en el reloj.

Por todo el lugar soplaba un viento helado que transportaba finas gotas de lluvia desde la cascada, manteniendo la humedad del paisaje. Donde caían las gotas de agua crecían unos líquenes grisáceos y unos musgos verdes acolchados donde habitaban infinidad de insectos oscuros y microscópicos. La madera, las piedras y los bloques traídos desde la Capital comenzaban a convertirse poco a poco en muros, en barandas, en columnas, en pisos, en puertas, en techos, y más tarde en habitaciones, en pasillos, en balcones, en salas de estar y en patios.

Ya por las tardes, antes de emprender el regreso a casa después de la jornada de trabajo, del agua que caía a borbotones desde la cascada surgían unos reflejos amarillos que pintaban de dorado las paredes de roca del precipicio y a la distancia unas figuras humanas vestidas con taparrabo aparecían sobre el filo de la cascada: encendían un fuego, levantaban los brazos al cielo por unos instantes y arrojaban objetos que brillaban a la distancia, los cuales caían por un largo tiempo hasta que por fin se perdían dentro de las agitadas aguas, centenares de metros abajo. Después desaparecía el fulgor, las figuras humanas y el fuego, y todo volvía a la normalidad y a la misma quietud grisácea del lugar. La señora Rosa, la madre de Arturo, aseguraba que se trataba de antiguos adoradores de El Sabio Bochica que se negaban a dejar este mundo por completo, que de cuando en cuando volvían de la otra vida al lugar exacto que en épocas olvidadas utilizaban como escenario para rendirle culto.

Cuando gran parte de la fachada, la torre principal y los balcones estuvieron casi terminados, Arturo recibió la orden de ir a apoyar las labores en el sótano y en toda la parte inferior de la construcción, en las entrañas de la roca del acantilado. Días después, cuando subían por el malacate algo más de una tonelada de desperdicio de obra, una de las gruesas poleas de hierro que sostenía uno de los lados del ascensor se reventó y el elevador descendió abruptamente varios metros hasta que fue sostenido en el aire por las cuerdas de emergencia, provocando la caída al vacío de dos de sus compañeros de trabajo.

Hasta muchos años después Arturo siguió viendo sus expresiones aterradas cayendo al vacío, los movimientos desesperados de sus brazos y piernas mientras la niebla se los tragaba vivos. También le parecía escuchar ecos de sus gritos lastimeros en los rincones de su casa, en los vagones del tren en el cual viajaba a la Capital, hasta en los dormitorios en construcción del Hotel más hermoso del mundo. Los días se le convirtieron entonces en sinónimos de fatalidad y la niebla que lo cubría todo se convirtió en una especie de mensajera macabra, en el presagio de un futuro negro y peligroso acompañado de los aullidos desesperados de ese par de hombres.

Entonces, bajo el sol de una mañana raramente soleada, decidió dejar su trabajo como ayudante de construcción del Hotel más hermoso del mundo. Lo observó a la distancia, por última vez en muchos años, incompleto y bañado por el rumor del agua que caía detrás en su furia majestuosa.

Al llegar a la Ciudad del Dios Varón, más temprano de lo habitual, deambuló por sus calles, las viejas y las nuevas, antes de subirse voluntariamente al vagón del tren en el cual una veintena de hombres esperaba a que éste iniciara su marcha rumbo a la Capital y los llevara a prestar el servicio militar en plena Guerra Civil.

La Ciudad del Dios Varón fue desde siempre un vasto territorio sembrado de casitas diminutas que en conjunto formaban callejuelas rectilíneas de tierra apisonada y vuelta costra por el trasiego constante de los animales de carga, por las ruedas de madera de las carretas, por el paso incesante de los habitantes, y ahora por el ir y venir de los automóviles que ya habían comenzado a aparecer.

Sus habitantes descendían directamente de un pueblo aborigen que se había emplazado en todo el centro del territorio nacional.

La historia decía que vivían de la agricultura, la minería, la caza y la pesca, actividades que, según contaba la leyenda, les había enseñado El Sabio Bochica, el mismo personaje que había salvado a todo este pueblo de la inundación provocada por la ira de Chibchacum al tocar con su báculo de oro las piedras del Tequendama y así formar El Salto, la catarata por la cual toda el agua que anegaba la sabana y estropeaba casas y cultivos había empezado a correr por la catarata que se había formado, salvando a toda la comunidad. Entonces los aborígenes habían empezado a idolatrar al Sabio Bochica con ofrendas de oro que dejaban caer desde la boca del Salto y con trabajos de orfebrería que sembraron por los campos de la región.

Un día llegaron los pálidos y, a partir de ese momento, los primeros habitantes de la Ciudad del Dios Varón fueron cambiando ese fervor primigenio por uno totalmente diferente. Aunque no existía memoria alguna de ello, la mayoría suponía que aquel cambio de creencias había causado crueles batallas y muertes sangrientas que habían relegado al olvido aquellas épocas, y que a través de siglos de lento desarrollo los nativos habían terminado por aceptarlas como mejores, más favorables y más evolucionadas que las propias, ya extraviadas en el tiempo.

Se había construido una Iglesia enorme, cuya cúpula inmaculada se veía brillar a muchos kilómetros de distancia, se dibujaba claramente contra el horizonte y se ubicaba fácilmente desde el Cerro de las Dos Tetas, desde la elevación ubicada detrás de la hacienda Terreros, incluso desde el cerro La Canoa. Era tan pulcra y blanca que era inevitable no compararla con los rostros y fisonomías de los pálidos, con su orden rígido y sus finos modales.

Sin embargo, luego de pocos años y apenas un par de párrocos después, los pobladores, más que todo aquellos que habían nacido y vivido desde siempre en la Ciudad del Dios Varón, dudaron de la benevolencia de un dios que ese martes de julio había madrugado, cinco minutos antes de las ocho de la mañana, a mover la tierra de tal forma durante más de cuatro minutos para desplomar su propio templo, matando a un puñado de sus adoradores que en ese momento rezaban con los ojos cerrados, arrodillados en los reclinatorios ante la majestuosa imagen del Crucificado.

Decían que se habían abierto tales grietas, que una de ellas, la más grande y la cual había rajado de lado a lado uno de los campos de trigo de las afueras, se había tragado por completo a un hombre montado sobre su caballo. El párroco, indignado ante los cuestionamientos a su fe que la gente profería a los cuatro vientos, lanzó en su sermón del domingo siguiente a ese martes negro, ante la mirada atenta y silenciosa de la multitud de sus fieles y bajo el sol diáfano y abrasador del mediodía, un llamado al dogma, a la confianza y al respeto hacia Dios. Iba del Antiguo al Nuevo Testamento recorriendo pasajes, versículos y capítulos completos extraídos de los libros Deuterocanónicos, se paseaba por el primitivo Pentateuco y leía al pie de la letra trozos de la Biblia que parecían haber sido escritos exactamente para la ocasión.

Fue entonces cuando prometió, con la voz rasgada por la trascendencia e importancia del momento, que así como Cristo había reconstruido su Iglesia en tres días, él lo haría con su templo en cinco años. Finalmente lo logró, aunque la empresa le habría de tomar un año más.

Cuando por fin el nuevo templo estuvo terminado y fue estrenado durante la Semana Santa de ese año, habían asistido tantas personas que la gran mayoría se había tenido que quedar afuera aguantando el insoportable sol del mediodía de abril. El párroco, a quien a la distancia apenas se le veía la cabecita plateada, la cara amoratada y el cuello dividido por los colgajos de piel que le caían muertos sobre la estola escarlata, afirmó con una vehemencia que no daba lugar a dudas que ni el mismo Diablo bíblico podría volver a echar su templo abajo. Pero sucedió que treinta y seis años y seis meses después, un nuevo movimiento de tierra volvería a reducir el templo a una pila de escombros bajo los cuales morían aplastados nuevos fieles. Aquella fatídica tarde de noviembre lució un cielo rojizo antes de morir sepultada bajo el peso de la noche.

Y aunque nadie se atrevería nunca a volver a hacer ese tipo de profecías que habían empezado a creerse como malditas, el templo volvería a ser levantado y volvería a caerse dos veces más a lo largo del medio siglo siguiente. Muchos atribuían tanta desgracia a una extraña aleación y similitud entre el malvado y antiguo Chibchacum, el mismo que había inundado la sabana de los primeros habitantes de la región, y el Diablo, aquella figura con cachos que primero habían traído y después habían pregonado los mismos pálidos, como la causa fundamental de la maldad. Otros, a la tan activa participación de los curas que pisaban el suelo de la Ciudad del Dios Varón en la política y en la guerra, que hasta tenían el poder de decisión de enviar hombres a morir al campo de batalla, aquellos mismos hombres que eran sus hijos en la creencia y a la vez sus feligreses incondicionales.

Las causas del conflicto, aunque evidentemente delimitadas desde el principio, poco o nada tenían que ver con el terreno espiritual. Tanto así, que en la Ciudad se vio el caso de un sacerdote que durante el día blandía un crucifijo, usaba sotana y bendecía a la multitud que concurría sus liturgias, y en las noches se vestía de paisano, usaba quepis militar y se terciaba un fusil a la espalda que no dudaba en usar contra los liberales. Hasta que, un buen día, gracias a su valor y entrega por la causa conservadora, el gobierno de turno lo hizo General de la República.

Otro tanto le echaba la culpa a la guerra sin cuartel que desde siempre se había llevado a cabo contra los Bosas. Una batalla milenaria que era más una cuestión de honor entre los varones de dos ciudades vecinas que cualquier otra cosa, un enfrentamiento que de vez en cuando dejaba un par de muertos en una tienda o algún desaparecido cuyo cuerpo volvía a aparecer tiempo después flotando por las aguas oscuras del río. Con el ánimo de parar las calamidades, se habían enviado emisarios para lograr una amistad definitiva con los belicosos vecinos.

La Ciudad se fue convirtiendo así en un ir y venir de personas y familias desconocidas que seguían llegando atraídas por la belleza y tranquilidad de sus montañas y valles, por sus ricas creencias míticas y legendarias, por su grandiosa caída de agua y por el encanto misterioso de esa neblina eterna, helada y gris que sin aviso lo ocultaba todo; por su cercanía con la Capital, por su ferrocarril aún nuevo y su nueva carretera pavimentada.

Entonces tuvieron que generar luz para los nuevos pobladores, y fue así como a las afueras, en un lugar ubicado a orillas del río que un par de kilómetros abajo se convertía en El Salto, se comenzó a construir una enorme empresa generadora de energía utilizando la misma fuerza de la corriente de las aguas. Los cirios y velones fueron reemplazados por bombillas eléctricas, unos globitos de vidrio tan delicados que parecía iban a romperse o a averiarse con tan solo mirarlos.

La Ciudad del Dios Varón comenzó a verse en las noches a través de los campos vacíos y oscuros como un enorme pesebre de luces anaranjadas; sus focos palpitaban mortecinamente a la distancia y los pobladores, que ya no eran los mismos individuos aletargados e indómitos del pasado, habían terminado por perderle el miedo a la oscuridad que iba cediendo ante el avance de la luz y habían dejado de creer, hasta de conocer el origen mismo del lugar que ahora tenían por hogar. Supusieron una novedad curiosa y perdida en el tiempo los garabatos que encontraron pintados por los primeros pobladores sobre las barrigas de las enormes piedras de los alrededores.

Y como si fueran poca cosa el ferrocarril, los automóviles modernos, los autobuses que iban y venían de la Capital a la Ciudad por la autopista pavimentada y las veloces motocicletas, ahora se veían flotando sobre las aguas del río centenares de embarcaciones de velas multicolores que venían corriente abajo desde la Capital, atravesaban la Ciudad del Dios Varón y pasaban de largo hasta el borde mismo del Salto, donde habían construido un muelle improvisado amarrando varias sogas de orilla a orilla para evitar que las naves se precipitaran por la cascada. O kilómetros antes viraban a babor e iban a desembocar en una amplia y mansa laguna de aguas heladas y cristalinas, la laguna del Muña, bordeada por eucaliptos y montes que quedaban ya fuera de los confines de la Ciudad y en cuyas orillas se montaron locales de venta de comidas y bebidas, salas de descanso, miraderos con amplios ventanales y ventas de vestidos de baño y tablas para flotar sobre el agua.

Venían importantes pensadores y científicos del exterior con la intención de medir la profundidad, el ancho y el largo de la cascada utilizando sus intrincados aparatos y sus inentendibles fórmulas matemáticas. Sin embargo, ni los habitantes de la Ciudad ni las grandes cantidades de curiosos foráneos que asistían a estas mediciones y que más parecían los extraños e inverosímiles actos del *Circo de México* que el resultado de procedimientos científicos derivados del positivismo más puro de la época, lograron quedar convencidos: los resultados de sus cálculos eran tan diferentes entre sí, que hubo quienes tuvieron el atrevimiento de sugerirle a los científicos que mejor lanzaran al vacío una cuerda dividida a cada metro por un manchón de tinta oscura y así poder medir verdaderamente la altura de la caída, que utilizaran la misma cuerda tensándola de orilla a orilla para medir el ancho del cauce, y que al largo no le dieran importancia, que era suficiente con decir que era "bastante grande". Pero los científicos, que no conocían nada del español castizo de esas personas, suponían que esa gentecita de rasgos aindiados no hacía más que alabar sus conocimientos.

Fue por aquellos días de tanta agitación que Arturo Garcés volvió de su servicio militar. Traía la espalda cuadrada y los brazos enormes por el ejercicio físico y el peso del fusil, la piel de la cara tostada por el sol, casi del color de la canela, el pelo cortado al ras y la mirada fija, endurecida, como si hubiera sido testigo de cantidades infinitas de sucesos y acontecimientos incomprensibles. Cuando su madre lo vio parado bajo el umbral de la puerta, vestido con un camuflado roído y viejo, casi color café, después de los años de ausencia, lo estrechó entre sus brazos en el único abrazo que él llegaría a recordar de su madre en toda su vida.

El heredero de El Sabio Bochica había vuelto. Ella le había preparado un tinto y había puesto sobre la estufa las ollas más grandes para cocinarle un entero de gallina con papa, yuca, arracacha y arroz blanco, y había puesto a hervir en otra olla una libra de moras oscuras para hacer el jugo que más le gustaba a Arturo. Había comido abundantemente y luego les había contado sus historias del ejército a sus hermanos menores.

Era entonces cuando una sombra se le instalaba en el semblante y su rostro parecía perder brillo, como si una especie de atardecer se le pusiera sobre las facciones, y comenzaba a narrar historias increíbles de cuando había tenido que huir de una manada de leones después de que su helicóptero cayera en medio de la jungla africana, de cuando había trepado por los hilos de agua de una cascada en el Amazonas para escapar de una tribu de caníbales, o de cuando había tenido que nadar por ocho días enteros con sus noches para conseguir el alimento suficiente para su pelotón perdido y olvidado en una isla desierta del Pacífico. Los niños, maravillados, habían creído hasta la última de sus palabras, pero el paso incesante del tiempo empezaba a hacerlos hombres y a volverlos más racionales y centrados y, naturalmente, les impedía creerle con la misma convicción. Lo mismo empezaba a suceder con aquellos que escuchaban sus narraciones, aquellos recuerdos y supuestas vivencias.

Se preguntaban la razón o razones por las cuales Arturo Garcés había llegado con semejantes disparates, cuestionaban su buen juicio y se atrevían a formular diferentes hipótesis sobre la pérdida de su cordura: que tanta disciplina había terminado por afectarle la cabeza, que una bomba de guerra le había estallado muy cerca y su metralla lo había dejado en blanco, que había estado sumergido mucho tiempo entre las aguas de algún río lejano. A pesar de la gran cantidad de años que habían transcurrido desde la llegada del ferrocarril, del paso del *Circo de México* por la Ciudad del Dios Varón y de la posterior matanza de los toros, Arturo Garcés aún mantenía su nombre intacto y la gente, más que todo aquellos que en su ausencia habían llegado a habitar la Ciudad, lograban reconocerlo apenas verlo por la calle, en la Iglesia levantada por quinta vez o en la cancha de jugar al tejo, a pesar de que antes no lo habían conocido en persona.

Tanto habían escuchado de su cuerpo alto y atlético, de su piel blanca, de sus ojos azules y de sus rasgos afilados, que era como si lo hubiesen conocido de siempre. Doña Rosa, su madre, le había exigido que se dejara de pendejadas y que hablara con la verdad sobre su vida en el cuartel de una buena vez, que dejara de lado semejante sarta de majaderías increíbles y que se apretara los pantalones si era que definitivamente nada de aquello podría llegar a saberse, pero que por el amor a Cristo y a la Santísima Virgen lo aclarara.

Sin embargo, Arturo desoía sus consejos hasta que, después de muchos años, mucho tiempo después de que el ferrocarril desapareciera por completo de la Ciudad del Dios Varón, mucho después de que el *Circo de México* desapareciera junto con la trapecista en un naufragio en el Mar Caribe, después de que los toros fueran prohibidos, después de que el Hotel más hermoso del mundo fuera terminado, fuera utilizado para alojar a las más reconocidas personalidades de la época en sus aposentos y salones, y finalmente fuera abandonado por el fétido olor de las aguas que caían por la cascada, incluso mucho tiempo después de haber sido testigo del asesinato de otro caudillo político, se decidiese por fin a contar la historia que desde el principio había decidido llevarse a la tumba.

"Como si fuera una escena extraída de una pesadilla, vio un avión de pasajeros que venía directo hacia él, envuelto en una bola de fuego que dejaba tras de sí una estela de humo oscuro."

UN PÁJARO EN LLAMAS Y LA CAÍDA DEL PRÓCER

Por aquellos días se había vuelto prácticamente imposible tener acceso a la tranquilidad, a estar solo. Las antiguas callejuelas cubiertas por costras de tierra negra habían sido sustituidas por amplias calles pavimentadas y demarcadas con líneas amarillas y blancas, y sobre ellas ya no se escuchaban los ecos metálicos de las herraduras de los caballos, de las mulas y de los burros que circulaban en otra época, sino el sonido del caucho de las llantas de los automóviles rodando velozmente sobre ellas.

Las primeras construcciones, de amplias fachadas pintadas de cal e interrumpidas por amplios portones de madera de dos hojas y de pesadas ventanas que abrían hacia afuera, de solares interminables sembrados de rosales, rudas, duraznos, papayuelos y mermeladas, habían sido olvidadas y ocultas por modernas y diminutas construcciones de varios pisos, terminadas con muros de ladrillo y vidrio a partes iguales que cubrían ahora el enorme valle de la antigua Ciudad y llegaban hasta donde daba la vista. Habían cubierto los sembrados de trigo de las afueras, los enormes potreros de tierra anegada, los terrenos de las antiguas haciendas, y hasta había levantadas largas filas de apartamentos sobre los rieles de la antigua vía del tren. Dentro de ellas habitaban gentes desconocidas, personas extrañas entre sí, que hacían cada vez más imposible la normal y vieja coincidencia de encontrar a alguien conocido en cualquier parte de la Ciudad.

La Iglesia, que había terminado por derrumbarse sobre sus fieles en cuatro oportunidades en ciento ochenta y dos años, era ahora la construcción más fea y sin gracia de la que se tuviera noticia: un edificio rectangular de puertas triangulares y en cuyo interior no existían columnas ni naves, sino una única entrada central con confesionarios a la izquierda, cuadritos de santos a la derecha, un altar pelado al fondo con un crucificado que observaba moribundo en dirección a la puerta principal, un par de lámparas negras que pendían con sus luces desde el techo, un cielorraso café en forma de pirámides desiguales por cuyos ápices se filtraba el agua cuando llovía abundantemente. Afuera a la derecha estaba la torre, un obelisco cuadrado que en el campanario de la parte superior contenía un par de campanas destempladas y un reloj paralizado en una hora eterna: como si en la Ciudad del Dios Varón el tiempo se hubiera detenido en esa hora incierta, perdida de la memoria, quién sabe hacía cuántos años.

Era como si los últimos párrocos hubieran tenido la seguridad y el presentimiento de lo inminente de un nuevo terremoto que fuera capaz de volver a echar el templo abajo y se hubieran resignado a no arreglar el reloj ni a hacer de ese lugar un sitio más acogedor, más bello, en vez de esa construcción que más se asemejaba a un hangar de aeroplanos que a una Iglesia Católica, Apostólica y Romana.

La antigua carretera de herradura, que se había convertido en cuatro líneas de pavimento y que ahora había sido bautizada como Autopista Sur, no daba abasto con la enorme cantidad de vehículos que entraban y salían de la Ciudad a todas horas y que sufría embotellamientos de horas enteras. Los catorce kilómetros y medio que separaban la Capital de la Ciudad del Dios Varón se habían convertido en un infierno de humo, cláxones y disputas entre conductores.

Pero nada abatía tanto a Arturo Garcés como era ver el espectáculo del Hotel más hermoso del mundo en estado de total abandono y destrucción: la cascada se había convertido en un hilo de aguas negras, su hedor nauseabundo era transportado por la neblina y había que taparse la nariz para poder soportarlo. La hidroeléctrica y el mal uso de las aguas por parte de la población creciente habían derivado en semejante situación. Se sentó a llorar amargamente sobre la Piedra del Suicida, una roca ubicada a la otra orilla de la caída del agua y desde la cual muchos habían cogido por costumbre quitarse la vida saltando desde allí al vacío, rompiendo sus cuerpos al caer sobre las enormes rocas del fondo. Llegó a la conclusión de que ese estado de cosas se debía al crecimiento desmesurado de la Ciudad, a la falta de respeto por ese enorme pedazo de tierra. Se convenció de que todo lo que ahora le tocaba ver y vivir, así como la lección de los toros en el pasado, tenía que ver más que nada con un castigo divino.

Entonces Arturo Garcés, ya con los movimientos lentos y los pasos cortos por la vejez, se internaba en soledad en los únicos sitios de su niñez que todavía podían brindarle algo de esos días. Un poco de silencio, de calma y de paz, un lugar donde todavía pudiera contemplar las montañas verdes, los estanques de aguas cristalinas, las bandadas de garzas blancas cuyos nidos se encontraban en las ramas más altas de los viejos eucaliptos que aún se erguían a las afueras.

Una mañana de noviembre, muy temprano, mientras atravesaba los campos que bordeaban las últimas construcciones de la Ciudad y las altas ramas de los árboles lo escondían de los primeros rayos del sol que empezaba a levantarse, un estruendo de miles de kilos de metralla hizo levantar el vuelo en desbandada de los pájaros y las garzas que poblaban el lugar. Arturo, en un movimiento reflejo, dirigió su vista hacia el lugar desde el cual había provenido la explosión. Como si no se tratara de la realidad sino más bien de una imagen apocalíptica de guerra, como si fuera una secuencia extraída de una pesadilla, logró ver un avión de pasajeros de color rojo y plateado que venía directo hacia su posición, envuelto en una bola de fuego anaranjado que dejaba tras de sí una estela de humo oscuro.

La nave caía dramáticamente y un ruido metálico que crecía rasgaba la mañana naciente. De pronto hubo una nueva explosión que nació desde debajo de las alas, las desprendió de cuajo y cada una caía, como si fueran simples pedazos de papel metalizado, la una tras un cerro cercano y la otra al borde de las últimas construcciones que delimitaban el campo. El terrible sonido tardó milésimas de segundo en llegar hasta sus oídos. El fuselaje, aun flotando en las alturas, giró varias veces sobre su propio eje antes de partirse a la mitad. Arturo podría jurar que había logrado escuchar los gritos lastimeros de aquellos pasajeros que ocupaban los asientos que se habían desprendido del suelo del avión a causa de la fuerza descomunal de los sucesivos impactos, habían terminado por salir disparados fuera del aparato y se habían estrellado contra la falda del cerro La Canoa. El par de trozos enormes de fuselaje que aún emitían ese ruido desesperante de hundimiento de barco pasaron sobre su cabeza: la parte de atrás, la que contenía los pasajeros, se estrelló de frente contra el cerro, explotó, y sólo quedaron pedazos que brillaban a la luz de la mañana. La parte de adelante, la de la cabina de los pilotos, desapareció tras la montaña.

Arturo estaba tan cerca del lugar del siniestro, que fue testigo de la lluvia de fuego que caía en forma de pesadas esferas al rojo vivo que incendiaba el pasto. Después de unos instantes caían del cielo estrellas de ceniza que oscurecían el campo, los árboles y los montes. Había visto caer las maletas abiertas de los pasajeros cuyas pertenencias habían flotado en el aire mucho tiempo antes de enredarse en las ramas de las copas de los árboles. Había visto llegar varios grupos de desconocidos que habían saqueado los cadáveres en llamas, buscando cualquier cosa que todavía sirviera para robarla, esculcando las maletas que por fin habían caído y los pedazos del avión fragmentado a campo traviesa en un radio de tres kilómetros. Había visto bajar a los gallinazos que planeaban en círculos sobre el cerro y comenzaban a alimentarse de las vísceras, las extremidades, los ojos, la carne y la sangre de las víctimas. También había visto aparecer a la distancia las luces rojas y azules de las ambulancias y los carros de bomberos que se dirigían hacia el lugar del siniestro y que atravesaban tortuosamente los campos. La neblina se había estacionado en el lugar y eclipsaba los fuegos que ondeaban en el silencio.

No le quedaba más que ir a su casa a encerrarse en su dormitorio con las puertas cerradas y las cortinas corridas, acostarse en su cama a oscuras con los ojos abiertos mientras el Sagrado Corazón lo vigilaba desde lo alto de la habitación. Escrutaba la negrura del lugar y trataba de hallar una explicación a lo que le estaba ocurriendo por esos días a su mundo, explicación que nunca logró encontrar ni llegar a entender jamás. Tuvo entonces la consciencia primero y la entereza después de aceptar que la incertidumbre lo acompañaría hasta la tumba.

Días después se había entregado el informe final de la tragedia y los móviles por los cuáles ésta se había perpetrado, el número de víctimas fatales —que habían sido ciento siete personas que iban como pasajeros dentro del Boeing, más tres en tierra—, se habían hecho las entrevistas y reportajes, se habían realizado las exequias de las víctimas y todo había vuelto a sumirse en aquel mar de calma que sucede después de cualquier tragedia mayor.

Pero en el ambiente flotaba una pestilencia que había durado por mucho tiempo suspendida sobre la Ciudad y que, precisamente por esa misma causa, la gente había ido acostumbrándose a ella y la había ido olvidando, pero que para Arturo era tan perceptible y real que no le permitía tomar en paz los alimentos, le impregnaba la ropa y la volvía a hacer lavar sin siquiera habérsela puesto, incluso había llegado a limpiar la casa con sahumerios inútiles.

Fue por esos días que su esposa recibió una invitación remitida desde el Partido Liberal para invitar a don Arturo Garcés a una alocución pública del nuevo caudillo, del inminente nuevo Presidente de la República que habría de elegirse en el año siguiente, acto que se llevaría a cabo en el Parque Principal de la Ciudad del Dios Varón.

Pero Arturo no le dio tanta importancia a la invitación y siguió consumiendo sus días y tardes en la actividad que hacía meses había decidido llevar a cabo. Una tarde encontró en la plaza de mercado a un vendedor de todo tipo de plantas y flores y le compró todo el negocio. Subió hasta la terraza de su casa matas de mermelada, acacias, helechos y araucarias de tierra fría, así como brevos, duraznos, zarzas cargadas de enormes moras, papayuelos, rudas, rosales, violetas, margaritas y gérberas, tantas, que el tercer piso de esa casa esquinera más parecía un invernadero al aire libre que una plancha para poner a secar la ropa mojada. Había adquirido herramientas para cortar y cavar, costales llenos de semillas y tierra abonada, y unos viejos fascículos que habían salido los domingos en una prensa ya olvidada y desaparecida, y a través de ellos había aprendido cómo podar, cómo sembrar, cómo hacer injertos, cómo abonar la tierra y cómo reconocer las buenas semillas de las malas.

Se la pasaba en la azotea desde que amanecía hasta que anochecía cuidando plantas y flores y en los días de recogida, como él mismo solía llamarlos, hacía dulces de moras, de brevas y de papayuelas y los repartía entre su esposa y sus cuatro hijos. Llenaba la casa de flores tan coloridas, que siempre tenían que abrir las ventanas de la casa para que salieran los colibríes que se habían colado en desbandada a absorber el néctar de las mermeladas.

Una tarde cualquiera de viernes de mediados de agosto, Rosalía, su esposa, se le presentó en la terraza vestida con el mejor de sus trajes, un sastre de blazer y falda color rojo con los botones y los bordes de los bolsillos forrados de satín negro. Se había maquillado y había arreglado también a los cuatro hijos con sus mejores ropas. Habían encontrado a Arturo arrodillado entre los bonsái, sucio de tierra negra de la cabeza a los pies. Él se había quedado mirándolos sin entender, hasta que su esposa le recordó la visita del Candidato. Entonces en la mente de Arturo se arremolinaron unos recuerdos tan antiguos que le venían en blanco y negro, y cayó en la cuenta de que nadie los conocía. Se levantó del suelo, abandonó sus matas y su tierra y bajó a alistarse.

Salió después de media hora bien afeitado, limpio, perfumado y vistiendo el traje de paño y la corbata que utilizaba únicamente para ir a misa los catorce de cada mes, en honor al Señor de los Milagros. La tarde se había convertido en noche y por las calles atestadas de desconocidos se vivía un ambiente de fiesta. Echaban pólvora, gritaban arengas políticas a través de los micrófonos, entregaban publicidad, vestían camisetas con el nombre del Candidato escrito en gruesos caracteres rojos. Bebían licor. Era inevitable entonces no recordar la primitiva tarde de los toros y esa corazonada de la desgracia inmi- nente, de la gente en desbandada, de los muertos sobre la costra de tierra del Parque Principal.

Subieron por la calle 19 hasta la Séptima, la cual encontraron cerrada para el tráfico vehicular. Las casas y locales comerciales a lado y lado de la vía habían sido convertidos en sedes políticas improvisadas y una infinidad de carteles con fotografías a gran formato del Candidato inundaban la atmósfera helada de la noche. En aquella esquina la gente saludaba efusivamente a Arturo Garcés, los desconocidos apretaban su mano con convicción y le daban palmaditas en la espalda, argumentando haberlo conocido personalmente en alguna olvidada parte de la historia, o haberlo reconocido por una de las tantas narraciones que sobre él se relataban.

De repente, atrás, estallaron nuevos y más animados vítores: por fin el Candidato había llegado a la Ciudad y se dirigía hacia el Parque subido en el platón de una vieja camioneta color blanco, atravesada por franjas horizontales que en la noche parecían negras. A su lado se habían instalado varios activistas políticos locales, su cuadrilla de guardaespaldas y un grupo de desconocidos que llevaban pancartas impresas a gran formato que mostraban el rostro de un hombre de cabello crespo peinado hacia atrás, de bigote amplio, de ojos pequeños, de mirada intensa y de rasgos fuertes que transmitían mucho poder. Arturo se quedó, junto a su familia, esperando a que la camioneta pasara enfrente para unírsele y caminar con ella hasta el Parque, ubicado siete cuadras más arriba. La multitud era tal, que la fuerza pública tenía problemas para establecer control y había tenido que formar un cordón de seguridad alrededor del vehículo para que éste pudiera avanzar entre la gente. Hacía un frío típico de agosto, con todo y sus vientos; era una noche sin nubes y unas auras de neblina helada se habían instalado en lo alto, alrededor de las luces de los focos del alumbrado público.

El Parque Principal estaba abarrotado de gente que generaba un ruido ensordecedor de pitos, música y un murmullo creciente de voces. La mayoría se había hecho por lo menos a un cartel con la foto del Candidato. Otros apuntillaron un par de listones de madera a lienzos blancos y pintaron pancartas improvisadas con letras color rojo sangre, con mensajes de bienvenida a la Ciudad del Dios Varón.

Al entrar por la carrera Séptima con calle 13, el Candidato tuvo que esperar a que su guardia personal y varios agentes de policía le abrieran paso entre la muchedumbre para poder descender del vehículo. Se habían estacionado enfrente del edificio de la Alcaldía, la misma construcción donde décadas atrás los toros desbocados habían ingresado, liberando a los presos.

Arturo Garcés, quien poco a poco se había ido alejando de su familia a causa del gentío y a la vez se había ido acercando al Candidato, se encontró con él frente a frente. Se observaron a los ojos por un momento y Arturo volvió a viajar al pasado, recordando los bellos ojos de la trapecista: claros, profundos, intensos. El Candidato, sonriendo, le dijo algo que Arturo no alcanzó a escuchar. Le estrechó la mano fuertemente y lo abrazó como si se tratara de un viejo conocido antes de seguir su camino hacia la tarima, en medio de la multitud, saludando con ambos brazos en alto.

Arturo lo siguió muy lentamente hasta el borde de la tarima. El Candidato empezó a subir a ella seguido por sus escoltas, los políticos locales y los desconocidos de los carteles. Arturo alcanzó a rodearla y a ponerse delante de ella mientras el Candidato, en lo alto, trataba de organizarse el traje y planchaba su corbata con la mano abierta. Sus guardaespaldas se comunicaban por radio, los políticos hablaban entre sí y los desconocidos blandían sus pancartas en el cielo de la fría noche, animando la multitud. Entonces una ráfaga de detonaciones sucesivas, que oyó con una nitidez aterradora, le zumbaron cerca de la cabeza y del cuerpo. Volvió la mirada en un movimiento reflejo y vio que la multitud se tumbaba de cara al suelo, como si se tratara de una ola descomunal de gente. Arturo los imitó y nuevas ráfagas de disparos volvieron a romper el silencio. Ahora había gritos desesperados y la multitud huía en todas direcciones. Hombres y mujeres pasaban sobre ancianos y niños en una avalancha incontrolable que se movía a empujones, exaltada y aterrorizada.

Por un instante Arturo recordó al Candidato sobre la tarima y dirigió la mirada hacia lo alto de la plataforma, a escasos dos metros de su posición. Sobre la tarima habían quedado dos hombres que intentaban cubrir el cuerpo de un tercero que no se movía. Una cascada de sangre se escurría a chorros por la parte frontal de la tarima y formaba un charco entre las piedras redondas de la superficie del Parque Principal.

Ya no hubo más ráfagas. Entre varios hombres movilizaron el cuerpo estático del Candidato, cuya camisa blanca se había manchado de rojo, hasta un auto oscuro aparcado ante el edificio de la Alcaldía. Se alejaron por la oscura calle 13 hacia abajo, en dirección al hospital, hacia los antiguos sembrados de trigo. En el Parque Principal habían quedado varios muertos sobre el piso, las pancartas y carteles hechos girones sobre el suelo y que el viento glacial se llevaba a su antojo, la tarima ensangrentada, las cabinas de sonido y los automóviles abandonados con las puertas abiertas y las llaves puestas, los locales cerrados con llave, un silencio de muerte, y Arturo Garcés tendido aún bocabajo a un par de metros de la tarima.

No se preguntó ni una vez por la suerte que habían corrido su esposa y sus hijos, si acaso yacían muertos o heridos por los alrededores, si habían logrado llegar con vida a casa, o si permanecían escondidos tras las rejas de los locales comerciales que habían cerrado sus puertas y cortinas metálicas al escuchar las ráfagas de disparos. Dentro de sí flotaba una sensación de irrealidad que no le permitía levantarse, ni siquiera moverse de su sitio, como si tuviese un peso enorme sobre los hombros que no le permitía levantarse e irse.

Los oídos le zumbaban todavía por los disparos y, por primera vez en toda su existencia, se preguntó si acaso él era en realidad ese personaje legendario del cual habían hablado tanto en el pasado, si era el mismo Arturo Garcés al cual El Sabio Bochica había alimentado durante su travesía a la Capital para traer el tren a la Ciudad del Dios Varón, tantos años atrás, si era el mismo hombre que había dado muerte a las feroces bestias que habían tomado la Ciudad, tan monstruosas y enormes que más parecían míticos minotauros cretenses, o si era el mismo que se había enamorado perdidamente de una trapecista que ahora parecía un personaje imaginario del cual nadie se acordaba y que había desaparecido en la infinidad majestuosa del Mar Caribe, o el mismo hombre que había maquillado la verdad con historias irreales y estrafalarias sus años de servicio militar y al que todos habían tomado por loco, o aquel que había ayudado a construir el Hotel más hermoso del mundo al filo del abismo ante la caída de la catarata.

Ahora parecía que los disparos lo habían atravesado sin dañarlo y que la edad se le había estacionado en el cuerpo desde hacía muchos años. Entonces comenzó a experimentar una melancolía extraña basada en la terrible posibilidad de no poder morir.

Volvió a su casa por las calles vacías de pueblo fantasma que había dejado la balacera, y a través de las cortinas de las casas se veían los televisores encendidos a la hora del noticiero de las diez de la noche repitiendo la misma escena que él mismo había vivido hacía instantes.

Llegó al frente de su casa, se buscó el manojo de llaves dentro del bolsillo del pantalón, halló la del portón, la deslizó por la ranura de la cerradura, el colgante de jilgueros de cristal tintineó al contacto de la puerta que se abría, y entró al corredor como lo hacía normalmente, realizando el mismo estudiado movimiento con la muñeca al girarla, produciendo el mismo ruido metálico de siempre. Subió la escalera y fue recibido entre lágrimas por su esposa e hijos.

"Se le había convertido en verdad, a lo mejor en una de las últimas que le quedaban, la idea de que no había necesidad de morir para quedarse por siempre en la Ciudad."

LOS PRIMEROS PASOS DE LA MUERTE

Después de mucho pensarlo, se decidió contarles al fin la historia de sus días en el ejército; sin embargo, su familia pensó que se trataba de otra de sus historias inventadas. Pero resultaba que estaba contando la verdad sobre aquellos días: él había visto al asesino de Gaitán levantar el arma contra el cuerpo de El Caudillo, había escuchado los disparos y lo había visto caer pesadamente sobre un charco de sangre que le crecía debajo; él había sido testigo del linchamiento del desconocido y del arrastramiento de su cuerpo por las calles del centro de la Capital.

Su propia ira había ido creciendo también de forma tan poderosa y ciega que tuvo que transcurrir un tiempo impreciso para darse cuenta que él mismo, vestido con el uniforme del Batallón Guardia Presidencial, también había empezado a arrojar piedras, a incinerar tranvías, a destruir vehículos, a quebrar los vidrios de las oficinas y a saquear los locales comerciales, había comenzado a dispararle a sus compañeros uniformados que habían recibido órdenes de contener la turba y de rematar a culatazos a quienes habían quedado con vida.

Ya en la noche, con la Ciudad en llamas y las construcciones y postes sin fluido eléctrico, se había visto rodeado por varios uniformados que le apuntaban con sus fusiles y había tenido que responderles a disparos también. Pero ellos eran más y estaban mejor armados, y comenzaron a lanzarle bombas de mortero hasta que un par de ellas cayeron muy cerca de su posición, dejándolo inconsciente. Después de un tiempo que igual pudieron haber sido horas o días, lo despertó un fulgor y un estallido muy lejano, luego otro más cercano que lo trajo más acá en la realidad, y un tercero que lo despertó por completo en el ahora que estaba viviendo. Abrió los ojos y varios miembros del ejército ejecutaban con tiros de gracia a unas doscientas personas que previamente habían sido acomodadas en fila con la cabeza sobre el andén y los cuerpos tumbados sobre la calle encharcada. Aquella gente parecía muerta o inconsciente. Pero cuando faltaban dos personas para llegar a él y cuando se disponía a dejar este mundo así, de una manera tan brutal, las luces de un camión oficial que entró por la bocacalle iluminaron las construcciones que escupían fuego por las ventanas sin vidrios.

—¿Qué hacen hijueputas? —Gritó el que hacía de copiloto del camión a tres metros de los uniformados y de la fila de cuerpos. La voz era grave, como si emergiera de una caverna. Como si proviniera de otro mundo.

Nadie respondió.

—¡Respondan, malparidos! —Volvió a gritar—. ¡Echen esa mierda aquí en el camión y dejen ya de jugar, pedazos de maricas! ¡Andando, Mar!

Los soldados se terciaron los fusiles a la espalda y de a dos iban tomando cuerpo por cuerpo, uno de los brazos y el otro de las piernas, y los iban aventando a la parte trasera del camión oficial. Arturo Garcés había sido de los primeros en ser arrojado dentro y había quedado atrapado bien abajo de la pila de cadáveres ensangrentados. El terror le impidió moverse de su sitio mientras el camión serpenteaba por unas calles hechas añicos.

Luego de muchas cuadras el camión se detuvo, esperó hasta que abrieran una reja que produjo un chirrido metálico y entró en reversa. Estaban en un enorme cementerio que Arturo había conocido mucho tiempo atrás y que estaba ubicado al sur de la Capital, en medio de un barrio popular. Los mismos uniformados arrojaron los cuerpos del camión al césped bien cortado del camposanto, mientras otros que estaban abajo los esculcaban, sacaban toda la documentación que habían llevado en el momento de la muerte y la echaban al interior de una bolsa negra. Al terminar, arrojaron los cuerpos dentro de una profunda y enorme fosa común cavada con anterioridad. Un pelotón entero, armado con palas, comenzó a enterrar los cuerpos.

Después de otro tiempo imposible de calcular, Arturo Garcés comenzó a luchar por su vida. No sabía si estaba cavando hacia arriba o hacia abajo, pero el desespero y la zozobra no le permitían quedarse quieto, no le permitían dejarse morir. Estaba rodeado por cuerpos calcinados, tiroteados, llenos de metralla y desfigurados por la fuerza descomunal de la turba, y esa visión en su mente le despertó una ferocidad atroz por vivir, por impedir que la muerte le llegara en ese instante. Braceaba con toda la fuerza de la que era capaz entre la tierra húmeda y oscura. Cada movimiento era largo y extenuante, había tierra y sangre dentro de su boca, le era imposible abrir los ojos y tomar aire.

De pronto sintió una tenue corriente de aire en el talón del pie que había perdido la bota. Luchó con todas las fuerzas que le quedaban por llegar ahí hasta que lo consiguió. Sacó la cabeza de la fosa y tragó una enorme bocanada de aire glacial del exterior. Después comenzó a toser y a escupir coágulos de tierra negra. Sólo ahí cayó en la cuenta de que pudieron haberlo asesinado, como a los demás, con un tiro en la cabeza, si hubiera quedado algún soldado custodiando la fosa común. Pero no había nadie, y lo único en lo que pensaba era en salir, en respirar, en escapar de la tierra, aunque eso le hubiera costado la vida.

Aún era noche cerrada, pero Arturo nunca supo si era la noche cerrada de un día diferente. Entonces una terrible verdad le cayó encima como un aguacero helado de goterones enormes: ahí sentado en el borde de las tumbas, sucio por la tierra de la fosa e iluminado por unas estrellas que titilaban lejanas, supo que no podía volver, ni al Batallón ni mucho menos a su casa. Sabía que si descubrían que aún vivía lo buscarían hasta encontrarlo y lo asesinarían sin piedad, y además pondría en peligro a su familia en la Ciudad del Dios Varón. Lo mismo en el cuartel. Volver significaría entrar por sí mismo en la boca del lobo. Entonces salió del cementerio saltando la barda de atrás, encontró un indigente que dormía tranquilamente y le arrebató la ropa que llevaba puesta. Tomó una dirección desconocida y, oculto por la oscuridad de varias noches, caminó hasta una pequeña población de clima cálido donde se ofreció como jornalero en la finca más lejana que encontró. Ahí permaneció hasta que consideró que la tormenta había amainado y hasta que pudo estar seguro de que aquella pesadilla sólo se había tratado de eso, de un mal sueño. Años después, volvió usando un uniforme militar que consiguió por unos centavos en una compraventa y felizmente comprobó que para la gente de la Ciudad del Dios Varón no había pasado nada, apenas un poco de tiempo.

Les había contado aquella verdad con la intención de liberar su mente y su corazón de todos los secretos que creía poseer ya que, según pensaba, los recuerdos se convierten en las anclas que logran mantener a una persona en este mundo y que, a la postre, la mantienen con vida y le impiden morir. A pesar de que no se sentía agotado ni cansado, ni había comenzado a convertirse en una carga para su esposa, ni para sus hijos e hijas, ni para sus nueras y yernos, ni para sus nietas y nietos, ni para sus biznietas y biznietos, tenía la plena consciencia y seguridad de que no podía hacer más por una Ciudad que en sus primeros tiempos había sido testigo de sus hazañas inverosímiles y de las proezas de su padre, pero que ahora se ahogaba en la ciénaga podrida y nauseabunda del olvido inexorable, en la falta de todo escrúpulo por un lugar que pierde la identidad y crece sin control, en el vivir con el fin único de consumir todo cuanto sea posible durante un tiempo indeterminado, y de abandonar un mundo que al final se convierte en sepultura y que le da paso a la misma monótona dinámica que termina y vuelve a empezar en la vida de cada quien.

Se convenció de esto cuando a su vida le llegó el momento más doloroso que alguien tuviese la capacidad de imaginar. Él, el recio hombre de campo que había ayudado a echar las bases de la Ciudad desde su nacimiento, estaba convencido de que no tenía nada más por conocer y que sentimientos como la tristeza y el abatimiento se habían quedado muy atrás en aquellos primeros días, en los que la ausencia del *Circo de México* y la trapecista le causaban tanto daño, que había evitado cruzar por el campo donde habían levantado la carpa y se había obligado a salir del desasosiego más puro a través del juego del tejo los viernes por la tarde con sus amigos, la cerveza y las enseñanzas de su disciplinada madre. No contaba con que la desdicha de un hombre muy pocas veces tenía que ver consigo mismo sino más que nada con los demás, que el infortunio solía ensañarse con los más cercanos y queridos.

Una noche de noviembre Enrique, el tercero de sus hijos en orden de edad, salió a las atestadas calles de la Ciudad a celebrar el matrimonio de su mejor amigo, el cual se habría de celebrar un par de días después y del cual era padrino por parte del novio. Había llegado del trabajo pasadas las cuatro de la tarde y se había encerrado en el baño a afeitarse y a ducharse. Doña Rosalía, su madre, le planchaba la mejor muda de ropa que tenía mientras cocinaba la cena para toda la familia, como de costumbre. Cuando Enrique apareció ante la puerta del baño y una nube de vapor escapaba tras él, ella lo vio tan pálido y tan blanco que saltó del susto y por poco deja caer al suelo la ropa que le llevaba a la habitación. Él se acercó, recibió la muda, besó la cabeza de su madre y se encerró con llave en su dormitorio a terminar de alistarse.

Aunque ella misma había visto cómo Enrique se encerraba y hasta había escuchado el sonido característico del picaporte al cerrarse con candado desde dentro, le pareció que su hijo andaba por toda la casa. Vio su sombra alargada contra la pared cuando le echaba sal al arroz para la comida, cuando subió a la terraza-jardín a tender unas piezas de ropa húmeda en la cuerda, lo vio pasar por el espejo de su tocador cuando se retocaba el pelo, y cuando se recostó en el sofá de la sala a esperar que apareciera alguien y tocara a la puerta. Cuando por fin salió vestido y perfumado de su habitación y se sentó a la mesa con ella, su padre y sus tres hermanos, Rosalía se quedó viéndolo como quien observa a un fantasma: estaba tan pálido que las venas azules se le translucían en la piel del cuello y en los dorsos de las manos. Sus ojos brillaban tan intensamente que no parecían verdes sino amarillos, de felino.

Antes de salir, ya de noche, le pidió la bendición a su madre, le apretó fuertemente la mano a Carlos, su hermano mayor, y le besó la frente a Isabel, la niña pequeña. Don Arturo Garcés había salido a su juego del tejo de los viernes y no se encontraba en casa. Era como si alguna voz desconocida le hubiese avisado que su hijo no volvería jamás. Lo que sucedió durante la madrugada, Arturo lo recordaría siempre como un collage de escenas partidas y sin orden, de desesperación y cuestionamiento.

Alguien golpeaba el portón de la entrada con violencia mientras gritaba. Don Arturo, dormido y con los tragos girándole aún en la cabeza, se levantó dando tumbos. La abrió y vio a Carlos con la ropa empapada de sangre, casi irreconocible. Lloraba, gemía e intentaba decir algo.

–"Enrique"–, entendió por fin.

Salió a la calle descalzo y en ropa de dormir. Volvieron al alba, empapados por la lluvia y la sangre. Por la ventana y a la distancia se les vio aparecer, padre e hijo, abrazados y tiritando de frío. Todos en casa temían la peor de las desgracias, aunque las Avemarías del Rosario de doña

Rosa en algo eclipsaban el temor. Pero la verdad fue confirmada en breve: un proyectil que salió de un arma desconocida entró por el costado de Enrique, le perforó un pulmón, siguió su camino de muerte hasta atravesarle el corazón y finalmente fue a alojarse en la mitad del muro enfrente de la casa por la que pasaban. Al caer al suelo, Carlos lo levantó sosteniéndolo por la espalda y ambas manos le quedaron manchadas de sangre. Enrique intentó respirar un par de veces pero la boca se le llenó de enormes burbujas rojas que mancharon toda la acera, se escurrieron sobre su ropa nueva y perfumada y cayeron por el borde del andén. Carlos lo levantó en sus brazos y lo llevó al pequeño consultorio de un médico amigo de la familia que quedaba justo enfrente, pero ya había llegado sin vida. Según el doctor, no había resistido ni dos segundos después de haber recibido el impacto.

Las horas, días, meses y años que sucedieron a esa madrugada fueron inciertos. Una suma de tiempo, de trozos de vida, una maraña desordenada de momentos tan desoladores que nada en absoluto lograba tomar consistencia, peso o importancia. De vez en cuando despertaban en la noche a causa de sueños en los que lo veían con vida, en los que Enrique llegaba cargando una maleta como si arribara después de un largo viaje por el mundo y prometía con su misma voz juvenil y con el rostro sonriente que no se volvería a marchar.

De vez en cuando se levantaba en toda la casa, de la primera a la tercera planta, el aroma de su loción preferida, aquella que había usado la noche de su muerte, y nadie lograba encontrar el frasco destapado hasta que recordaban que esa loción, así como toda su ropa, sus zapatos, sus cobijas y pertenencias, habían sido regaladas o quemadas hacía años. De vez en cuando a doña Rosalía, sola en casa, las tardes de los viernes, le parecía que Enrique vagaba por los dormitorios, los pasillos, la sala de estar, el comedor, el patio y la terraza de la casa. Era tan perceptible, que ella misma lo perseguía por donde creía ver su sombra y ésta se manifestaba en otro lugar, en los baños o en la cocina, como si se tratara de un juego de la infancia de su hijo.

Sus hermanos, más que todo Isabel, la menor y más cercana a él, se levantaba en las mañanas y aseguraba que Enrique había llegado durante la noche muy cansado y frío, y que le había pedido que lo dejara recostar un rato a su lado bajo las cobijas. Afirmaba que era su voz, su cuerpo y sus pies fríos de siempre, y que ella se había quedado dormida y al amanecer él ya no estaba. Cuando iba por la calle hacia el colegio sus amigos le preguntaban quién era ese hombre delgado y alto que la acompañaba, pero ella respondía que había venido sola, a lo que ellos afirmaban que habían podido jurar que quien la acompañaba era alguien muy parecido a su hermano muerto.

Arturo Garcés, menos expresivo, se había decidido por devorar su pena en soledad. Durante las mañanas y tardes llevaba y traía tierra y flores para su jardín y cuando se sabía solo en casa se derrumbaba en un rincón. Lloraba amargamente durante horas interminables y solía recordar las tardes en las que le había enseñado a Enrique a montar en su enorme y pesada bicicleta, cuando lo correteaba por los jardines del Parque Principal y le compraba un helado o un algodón de azúcar, o cuando había tenido que castigarlo muy duramente por haber perdido el cupo en el colegio de la Capital al haber irrespetado al prefecto de disciplina. O cuando lo había llevado a la cancha a su primer juego al tejo y a beber su primera cerveza y doña Rosalía se había puesto hecha una furia al verlos aparecer por la casa abrazados, cayéndose de borrachos y cantando discos de Antonio Aguilar.

En las noches, mientras su esposa dormía, no tenía más remedio que levantarse de la cama e ir al sofá de la sala a ahogar su dolor con aguardiente, y era precisamente en esas horas de oscuridad cuando le venían las peores memorias: su hijo muerto y helado, la ropa emparamada de sangre y su rostro diáfano, como si sólo durmiera, con la cabeza y el cuerpo recostados sobre la brillante bandeja de la morgue; el funeral eterno donde toda la gente de la Ciudad del Dios Varón se había congregado para saludar a los dolientes y extenderles sus condolencias; el trayecto de la funeraria a la atestada Iglesia que se había derrumbado cuatro veces en siglo y medio; el sermón del párroco; la marcha al cementerio con el ataúd cargado; los sollozos y lamentos delante de las tumbas; el trabajo metódico del sepulturero; el abandono de los arreglos florales en la puerta del sepulcro; la salida del camposanto con el sol de la tarde a cuestas; los días y las noches posteriores, ya sin él. Esos recuerdos le parecían tan vívidos que intentaba alejárselos de la mente apretándose los ojos con las manos, sin lograrlo.

El paso del tiempo, inexorable, había terminado por vencer. Pero no de una manera absoluta sino más bien incompleta. El dolor seguía latente, tanto como el primer día, pero la necesidad y la obligación del diario vivir habían terminado por aplacarlo en cierta medida. Los niños se fueron haciendo adultos, y la resignación fue algo que lograron entender como un camino largo y tortuoso que jamás terminaría y que, en cualquier momento, se vería interrumpido por el ímpetu del recuerdo más simple o más lejano, por el olor de unas flores reunidas, por una madrugada de tormenta, por una reunión familiar, por el parecido de algún familiar o desconocido con Enrique, por el tono de una voz, por el brillo de unos ojos, por el sueño repetitivo de su llegada de un largo viaje, de su sonrisa y de su palidez.

A partir de ese momento, y por muchos años más hasta el lejano día de su muerte, Arturo Garcés había permanecido a solas en el tercer piso de su jardín de plantas, flores y frutos, y finalmente había logrado dejar atrás la manía de observar como un anciano encerrado y taciturno las filas y columnas interminables de construcciones raquíticas e iguales que ahora sembraban el suelo de la Ciudad del Dios Varón. Había dejado de añorar los cerros cercanos cubiertos por la vegetación virgen y las piedras prehistóricas en cuya superficie sus antepasados, hombres y mujeres de su propia estirpe, habían trazado pictogramas milenarios y eternos. Hacía por olvidar las casuchas miserables que habían terminado por arrebatarle cualquier rasgo de esplendor, de belleza e historia a estos lugares inigualables e inimaginables. Había dejado de observar la fotografía que colgaba dentro de la oscuridad de su armario en la que aparecían los científicos europeos tratando de calcular la profundidad de la cascada de aguas abundantes, cristalinas y sagradas que caían sin interrupción desde épocas inmemoriales. Hacía el enorme esfuerzo de olvidar la triste y lúgubre atmósfera del hilillo de agua podrida que no alcanzaba siquiera a mojar las descomunales piedras del fondo de la caída del agua, una hebra fétida que caía por las fauces del Salto, y la vieja construcción abandonada y a punto de derrumbarse sobre sí misma del Hotel más hermoso del mundo, ahora repleta sólo de las almas de aquellos que se habían suicidado desde sus alturas, casi destruida y caída sobre su propia mole de polvo y de recuerdos.

Había optado por dejar abandonados, en su recuerdo y entre la crecida hierba los rieles fabulosos y brillantes del ferrocarril de vagones rojos tirados por la locomotora negra envuelta en nubes de vapor. Había dejado de rememorar el Parque Principal y su par de callejuelas que daban a los campos de trigo y a las lagunas de las antiguas haciendas, tratando de borrar de su mente la terrorífica imagen del ahora que lo mostraban atestado de personas desconocidas que subían y bajaban por las escaleras de los centros comerciales construidos sobre los lotes donde antiguamente estaban las construcciones coloniales, donde ahora pululaban los niños y centenares de establecimientos de ropa, zapatos, helados, tiendas para beber cerveza, todo eso rodeando los centenares de juegos mecánicos que alguien ideó algún día y se propuso llenar cada centímetro del suelo y el aire del Parque Principal con esos cachivaches oxidados sobre los cuales la gente daba vueltas y botes, en los cuales se mecían todos y bajaban tan mareados de dulce y de giros que vomitaban entre las roídas macetas de los árboles de troncos y hojas grises de tristeza y olvido, donde sus raíces seguían creciendo bajo la tierra y levantaban en ondas ese adoquín anaranjado, agrietándolo por completo, donde la horda interminable de perros se echaba a dormir y a cagar, o se peleaban y convertían el lugar en algo más desordenado y atroz.

Finalmente el Parque Principal, al igual que toda la Ciudad del Dios Varón, se había quedado pequeño para tanta gente, y en las noches su suelo escondido bajo los adoquines desportillados y destruidos y sus cenicientos árboles parecían llorar de tristeza y resignación, mientras bajo su sombra los jóvenes se fumaban su porro de marihuana, su pipa de bazuco o respiraban pegante dentro de bolsas de plástico. La tierra misma parecía extrañar las cuatro iglesias caídas antes de la de ahora, parecía extrañar el aire liviano y transparente, aquellas olvidadas formaciones exactas de garzas que atravesaban el cielo de la Ciudad del Dios Varón a las cuatro en punto de la tarde, bañadas por la luz anaranjada del sol de los venados, ese sol frío del final de la tarde.

La gente había llegado desde los confines del territorio nacional y había poblado campos, veredas, montes, llanuras, bosques; la necesidad de un hogar y el terror que desata la guerra había obligado a ese millar de familias a llegar hasta ahí, los había obligado a levantar sus casuchas miserables de lata, madera o cartón, y el Gobierno Nacional les había respondido con minucias mientras su máquina de guerra seguía desocupando los campos.

La Ciudad del Dios Varón se quedó entonces sin escuelas ni colegios, sin hospitales, sin vías de acceso, sin recursos económicos y naturales, se había convertido en la tierra de nadie que alojaba esa gran cantidad de seres desprovistos de todo y que conservaban creencias y costumbres extrañas y ajenas, que ahora tenían mentalidades débiles y huidizas, que de campesinos e indígenas ancestrales pasaron a ser grupos de personas perdidas en latitudes tan lejanas y diferentes a las propias que le imploraban por un trozo de pan o una limosna en quechua, en náhuatl o en wayuu a multitudes de personas ignorantes e insensibles para las que sólo existía la burla o la admiración al verlos vistiendo sus ropas coloridas, al ver sus pies descalzos y encallecidos puestos directamente sobre el pavimento. Esas pobres gentes se habían convertido en manadas de apátridas que se acostaban hambrientos en los puentes y en los semáforos a suplicar caridad, rodeados por niños desnudos y malolientes.

A Arturo Garcés se le había convertido en verdad, quizá en la única que le quedaba, el pensar que no había necesidad de morir para haber abandonado a la Ciudad del Dios Varón por completo.

"No obstante, teníamos nuestras noches de valentía. Salíamos al solar, a oscuras, a jugar a las escondidas."

LOMOS OSCUROS

Días antes de que nos quitaran la luz, los noticieros de la época y los diarios más importantes del país mostraban las imágenes de los embalses y las represas casi vacíos. Sus muros de piedra y tierra se veían desnudos y apenas un charco de agua oscura les cubría el fondo. Además, el presidente de la República aparecía cada poco tiempo en los medios de comunicación hablando y explicando una crisis ambiental que científicos y biólogos habían llamado "el fenómeno del Niño". Se dirigía al país utilizando ese tono de voz gracioso que tenía, al cual trataba de ponerle cierta firmeza y seriedad, sin lograrlo, resultando más cómico todavía.

Estos discursos iban alternados con fotografías y vídeos tomados en los Llanos Orientales, en la Costa Atlántica, en el Tolima Grande y en el Valle del Cauca, en los que aparecían rebaños enteros de reses muertas, disecadas por el calor y la falta de agua, echadas de lado sobre los campos que se habían convertido en desiertos. Aparecían cadavéricas, tumbadas o arrodilladas, con una expresión de extremo sufrimiento todavía claramente definido en las cuencas vacías de sus ojos.

Nada más verlas, me producía una honda tristeza y un terror que superaba mi entendimiento. Había comenzado a relacionar esta realidad con el fin del mundo, con lo que en clase de religión el profesor *Murdoc* –como lo llamábamos los alumnos de sexto grado– eran las señales inminentes del Final de los Tiempos, del nacimiento del Anticristo, del Juicio Final, del Apocalipsis y de la segunda venida de Nuestro Señor Jesucristo.

Por las tardes, a las cuatro en punto, el alma de todas las cosas se iba: se escuchaba claramente el refrigerador cuando se apagaba, el televisor cuando su pantalla quedaba negra y producía el sonido de la estática durante unos segundos, cuando el radio reloj quedaba sin música al igual que los equipos de sonido de las casas de los vecinos, cuando se iba la luz del bombillo de alguno de los cuartos del fondo, los más oscuros de la casa. Y a partir de entonces, una extraña atmósfera de silencio, de quietud y de mutismo envolvía toda la realidad, sumiendo toda la existencia de la Ciudad del Dios Varón en un halo estático y permanente.

El acontecer del mundo se hacía más notorio. Podían escucharse claramente el tic tac del reloj, el sonido de las ramas y las hojas de los árboles al paso del viento, los lánguidos paseos de los gatos sobre el techo de la casa y el sonido característico de sus patas traseras contra sus mentones al rascarse, las voces de las personas dentro de sus casas, los pasos de los vecinos, sus palabras cuando pensaban en voz alta o cuando conversaban entre sí. Se sentía el paso del tiempo, el deslizarse de las nubes sobre el firmamento, el claxon y el movimiento de los vehículos sobre las calles, la carrera de un niño sobre el andén frente a la casa.

Todas las tardes, durante los nueve meses siguientes, la luz natural del día caía sobre los techos de las casas de la misma manera, una y otra vez, día tras día. A pesar de los grandes cambios que había traído consigo el racionamiento eléctrico debido a la tremenda crisis energética, para la mayoría de personas el verdadero cambio venía al caer la tarde y al llegar la noche. Al principio, lo novedoso de la situación obligó a la gente a planear sus días en torno al apagón, teniendo en cuenta la falta de luz en cada una de las rutinas de cada quien, como cuando se pasó del nomadismo al sedentarismo hace ya tantos miles de años, evocando la capacidad humana de adaptarse a las condiciones de un tiempo y un lugar determinados, otra muestra de la terquedad tan propia de nuestro género.

Una noche, mientras el Presidente leía del telepronter de la Casa de Nariño su nuevo discurso y decretaba el nuevo horario, en casa de la abuela, una antigua construcción ubicada en el centro de la Ciudad del Dios Varón, estábamos sumidos en la más completa oscuridad. Y aunque nunca supimos qué fue lo que dijo exactamente, de ahí en adelante tuvimos que atrasar nuestros relojes sesenta minutos, con el propósito de aprovechar más y mejor la luz natural del día, lo cual nos obligó a madrugar una hora más y entrar al colegio antes de las cinco de la madrugada.

Cuando el gallo apenas empezaba su canto y cuando ni las gallinas habían puesto sus huevos, salíamos nosotros, de niños, recién bañados, desayunados y uniformados para el colegio, que nos recibía con sus enormes fauces abiertas de salones oscuros y fríos, de patios lúgubres y de profesores fantasmales, vestidos con sus largas batas blancas, como apariciones flotando por los pasillos. La abuela, a pesar de que tenía velas de todos los tamaños encendidas sobre las mesas y los armarios de la casa, velones que guardaba desde las épocas de los bautismos y las primeras comuniones de mis tíos, su pequeña llama apenas lograba trepar por los altos y alejados muros de las enormes habitaciones de la vieja casa, construida a principios de siglo, y cuya área rondaba los quinientos metros cuadrados, contando ambos patios, los cuartos, la sala comedor, el pasillo de la entrada y el solar del fondo. Los pisos, desnivelados, habían sido enchapados por mi abuelo con unas losas cuadradas, sin brillo, con arabescos extraños y sin color, invisibles en la oscuridad, dando la impresión de estar caminando sobre la brea.

Para recorrer sus habitaciones había que ir acompañado. Los techos eran tan altos, que la escasa luz de la vela no alcanzaba a iluminarlos y parecían invisibles, tan negros como la noche, y el simple hecho de hacerle un favor a la abuela o a mamá era todo un tormento. Una vez, uno de nosotros se arriesgó: debía traer algo de uno de los cajones más altos del armario de la abuela, dentro de su habitación, adornada por miles de cuadros de santos, ángeles, advocaciones de la Virgen María y mártires a los cuales sólo ella conocía.

Entró a solas, puso el cirio en un lugar alto mientras abría el cajón y buscaba, encontró lo que le habían pedido y cuando fue a tomar nuevamente la vela, que estaba puesta sobre un plato, le pareció ver una sombra deslizándose por el techo. Entonces el miedo lo hizo estremecer, volteó el plato y la cera derretida se le fue entre los ojos. Los adultos de la casa tuvieron que sacarle, uno a uno, los diminutos fragmentos de cera endurecida de ambos ojos, rodeados por velas encendidas mientras llegaba la luz. Para nosotros, de niños, era un error quedarse solo en la oscuridad.

Afuera, en el patio de la entrada y en el enorme solar del fondo, había árboles de diferentes especies: una enorme mata de mermelada de flores anaranjadas, una hiedra que cubría el muro que separaba nuestra casa de la casa vecina, un durazno raquítico del que muy de vez en cuando comíamos sus frutos resecos y ácidos, un rosal al que le brotaban botones de rositas amarillas y rosadas, muchas matas de novios de pétalos muy rojos, y un papayuelo de grueso tronco que daba unos frutos grandes del color de las esmeraldas. Eso era de día, antes de que la noche y la oscuridad terminara por transformarlos.

Cuando hacía viento, más que todo entre julio y agosto, los troncos de los árboles más altos y los tallos de los arbustos se mecían, produciendo un lamento de almas en pena. Las hojas eran arrancadas con violencia, las ventanas chirriaban al ser tocadas por las ramas, las vainas de las acacias llovían sobre el techo de la casa, y el durazno, junto al papayuelo, parecían monstruos legendarios que movían sus incontables brazos de dedos largos y deformes, con la clara intención de atraparnos. Las cortinas de las ventanas que daban al patio y al solar eran corridas mucho antes de caer la tarde, y ninguno de nosotros se atrevía a asomarse y observar a través de ellas en medio de la noche. Quienes lo hacían corrían el riesgo de ser observados por ojos rojos y amarillos que nacían detrás de los palos, o de ver cómo *algo* salía corriendo de un lugar para esconderse en otro.

A pesar del peligro, de la amenaza que traía consigo la oscuridad, existían chicos a los que no les importaba, no hacían caso o simplemente no tenían miedo. Definitivamente eran chicos, porque no concebíamos a un adulto pegando los timbres de las casas con chicle o con cinta transparente mientras duraba el apagón, hasta que al filo de las diez de la noche volvía el fluido eléctrico y todas las casas de la cuadra, sin excepción, se sobresaltaban a timbrazos: los había largos y potentes, similares a los de las campanas de los colegios, o intermitentes y finos, como los del carro de helados, o roncos y graves, como los de las estaciones de bomberos o las alarmas contra incendios, o de los de las series de televisión norteamericanas, de esos que hacen *ding–dong*.

No obstante, teníamos nuestras noches de valentía. Muy pocas, pero las teníamos, más que todo durante las vacaciones del colegio, cuando venían de visita los primos de los Llanos y de La Calera, y se quedaban en casa de la abuela por varios días. Salíamos al solar, en plena noche, a jugar a las escondidas. El tío Pedro había comenzado la construcción de su casa allí hacía años, y cuando tenía cierto capital y tiempo para invertirle, lo veía uno preparando mezcla de cemento y arena, subiendo muros y echando los niveles de las paredes. Pero por esos días aquella casa era apenas el esqueleto de una construcción, sin ventanas, pisos ni puertas, incluso sin secciones completas de cielorrasos ni techos. Adentro había arrumes de piedra, arena, bloques, bultos de cemento y mezclas, pasto muy crecido en los cuartos y en los rincones, una escalera a medio hacer y un par de metros del piso de la segunda planta. El escenario fantástico para escondernos.

Era un martirio para quien le correspondía contar de diez en diez hasta quinientos y salir a buscar a los demás; por más acostumbradas que estuvieran las pupilas a la oscuridad, uno no alcanzaba a percibir más que sombras recortadas contra una oscuridad más intensa, impenetrable. A veces se escuchaban los pasos de los otros niños recorriendo la parte de atrás de la construcción, o alguna risa ahogada, o los murmullos cuando por accidente dos chicos o más elegían el mismo lugar para esconderse. Podían pasar horas enteras y nosotros seguíamos allí, perdidos en la oscuridad de nuestro juego, mimetizados entre las sombras, con el reflejo gris de la luna sobre nuestros rostros sudorosos, hasta que la irrupción de la luz desbarataba el encanto y debíamos entrar de nuevo, con los ojos entornados y doloridos por la súbita y potente descarga de las bombillas encendidas.

También fue por ese tiempo, alumbrado por la luz de las velas, cuando me enteré que el abuelo, de joven, era un hombre al que le gustaba la música y la fiesta, andar de tienda en tienda con los amigos más allegados y tomarse unas cuantas cervezas. Era extraño, porque en el par de fotografías que la abuela conservaba de él, lo que se veía era un tipo serio, de espalda recta, mirada dura y bigote y corte de pelo al mejor estilo hitleriano.

Las señoras de la casa afirmaban que al abuelo estuvieron a punto de cargárselo las brujas por andar en esas porque, según la abuela, sentía un ahogo por las noches, mientras dormía, y a la mañana siguiente él le confesaba que había visto cómo se le sentaban una o varias sombras alargadas sobre el pecho y no lo dejaban respirar. Que alguna vez se le apareció un perro negro que tenía los ojos de fuego y el hocico untado de espuma a la orilla del camino, después de una larga jornada de trabajo. También contaban que una noche, saliendo de la tienda del pueblo que quedaba a una hora de casa a paso de mula, ya bastante risueño por la cerveza y el aguardiente que había tomado, un aguacero monumental lo sorprendió de camino y cuando se dio cuenta, ya amanecía y estaba en la frontera entre los departamentos de Cundinamarca y Boyacá, con la ruana enredada en un zarzal y la pobre mula a punto de caerse de cansancio, a cientos de kilómetros de casa.

Ellas decían que el abuelo había corrido con suerte, porque normalmente era el mismo Diablo, el Cachudo, el que venía por los hombres que se comportaban de esa manera y que simplemente, de un día para otro, no volvían a aparecer; que se esfumaban de la tierra sin ninguna explicación.

Al escuchar este tipo de relatos, quedábamos pasmados. El ruidito más insignificante, el menor crujido de la vieja madera de los pisos, el andar delicado de los gatos sobre el tejado y hasta el sonido del viento, eran la confirmación de la existencia de las brujas, del perro negro, de la Llorona, del cortejo fúnebre, de las almas en pena, incluso del mismo Diablo, leyendas a las que presentíamos esperando por nosotros en la oscuridad, observándonos a través de las cortinas, dando rodeos entre los muros de la casa construida a medias del tío Pedro, aguardando en las habitaciones vacías y oscuras de la misma casa de la abuela, escondidos bajo las camas y entre los viejos armarios.

Nos internábamos en un pavor abrumador y empezábamos con las historias de terror que cada uno le había escuchado a los compañeros del colegio: "*alguna vez, hacía tiempo, los adultos de mi casa buscaban hacer contacto con el abuelo muerto, porque parecía no querer irse de casa; las cosas se desplazaban de su sitio por sí mismas, las puertas que habían quedado cerradas aparecían abiertas, y en ocasiones parecía verse su silueta recortada tras las cortinas de la sala, como si observara por la ventana. La voz del abuelo —o lo que parecía serlo—, desde el otro lado y en plena sesión espiritista, les contestó que lo dejaran en paz*".

"*Papá* —contaba otro—, *de pequeño, vivía y trabajaba en una finca. Una tarde, el capataz le ordenó que debía ir a la finca vecina, que quedaba a casi dos kilómetros de camino, a traer un atado de costales para poder recoger la cosecha de café. Él cuenta que salió hacia las cinco de la tarde, ya con el peso del poniente* en el horizonte, y que no le preocupaba nada porque estaba acostumbrado a la soledad y a la tranquilidad del campo, un silencio que sólo rompía el grito de los pájaros y los micos, el croar de las ranas y el intenso canto de los grillos y las cigarras. Cuando venía de vuelta con el atado de costales a la espalda y la linterna encendida, ya de noche, en un sitio plano de la carretera, apareció un grupo de personas que caminaba en su dirección. Hombres y mujeres estaban vestidos de oscuro y traían, sobre una carreta tirada por un par de caballos, un ataúd de madera rústica y sin pintar. Papá, en señal de respeto, se quitó el sombrero cuando el silencioso cortejo pasó a su lado, y se ubicó sobre uno de los lados de la carretera para dejarlos pasar. Él dice haber dado apenas unos cuantos pasos, cuando volvió la mirada y no había nadie. Entonces corrió a lo que le daban las piernas hasta llegar a la finca, tan asustado que no lograba articular palabra".

"Mamá, a los trece años, quería aprender a fumar con la prima Estrella, que era unos años mayor que ella y supuestamente ya sabía hacerlo. Entonces se iban para el solar de la casa de la tía Chela a prender sus primeros cigarrillos, donde nadie las viera. En aquella casa había un gran ventanal que separaba el solar de *la sala, cuyas paredes estaban llenas de cuadros. Una tarde, mientras estaban solas fumando y tosiendo entre risas, mamá observó uno de los cuadros de la sala en el que aparecía una foto muy antigua de uno de los antepasados de la familia, convertirse en el rostro del Diablo. Era él, aún ahora está completamente segura de ello: sus facciones afiladas, los cuernos que le salían de la frente, los ojos echando llamas, la barba puntiaguda, la piel roja. Ella dice que no recuerda cómo llegó a su casa, ni las palabras exactas que utilizó para confesarle a la abuela lo que había hecho con la prima Estrella".*

Pero la avidez de los chicos no tiene límites. Ni sus energías ni sus caprichos. Se es apasionado y voraz, nada es suficiente. Dentro de la oscuridad, uno está en un contacto más cercano consigo mismo, uno aprende a conocerse más, a exigirse más, a trascender. Es algo milenario, ancestral, arquetípico.

Allí, delante de la biblioteca repleta de los antiguos libros de mis tíos y tías, de los de mamá, de los de mis primos y primas mayores, rodeado de los textos que acompañaron a la abuela en el internado para señoritas de Zipaquirá, el siglo anterior, fui encontrándome a mí mismo. Sus lomos oscuros brillaban con una luz especial creada por sus letras, por sus palabras, por sus párrafos, por sus imágenes y páginas, hasta por su olor a viejo y a guardado, a tiempo acumulado.

Me acodaba sobre los anaqueles hasta que sentía el hormigueo en mis piernas y debía ir a sentarme al pie del viejo escritorio de lámina que mamá me había regalado. Iba desplegando las páginas de cada libro y me quedaba ahí por horas, en la oscuridad del desván de la casa de la abuela, en la Ciudad del Dios Varón, alumbrado apenas por un par de velas que se agotaban rápidamente, leyendo sobre los egipcios, los mesopotámicos, los babilonios, los mayas y los aztecas, observando las imágenes de sus pirámides, de sus construcciones y herramientas, viendo cómo se vestían, cuáles eran sus adornos, tratando de entender cada uno de los millones de dioses y deidades en los que creían, perdido en sus avances astronómicos, matemáticos y geográficos.

Estuve en la India, en Irán e Iraq, en la Península Arábiga, recorrí en balsa la superficie de las aguas del Nilo, del Yan-Tsé, del Hwang-Ho, del Tigris y del Éufrates, descubrí el sarcófago del faraón Tutankamón, poblé América desde el gélido Estrecho de Bering, cacé mamuts en Siberia, presencié sacrificios humanos de los aztecas en honor al Sol en lo alto de sus pirámides, recogí cosechas de arroz en tierras anegadas de la antigua China, desde el zigurat de Ur le imploré a los dioses sumerios para que trajeran la lluvia.

Y entonces, unos segundos después de las diez de la noche, volvía la luz.

Soacha, abril de 2016.

CONTENIDO

El hijo de Bochica 7

Ciudad en llamas 31

El hotel más hermoso del mundo,

las cinco iglesias y el regreso del heredero 81

Un pájaro en llamas y la caída del prócer 103

Los primeros pasos de la muerte 123

Lomos oscuros 145

Este libro se terminó de imprimir en la ciudad de Bogotá, Colombia,
en los talleres gráficos de Panamericana Formas e Impresos S. A.
Fue levantado en caracteres Adobe Caslom Pro y Ar Darling
de 12 y 18 puntos respectivamente.